台北游藝

舒國治 著

目次

目次

台北游藝——一小段七十年代生活史

一

七十年代，乍聽起來像是昨天，然冷酷去算，可真已飄過十幾二十個寒暑。倘不究數目字，我還是我，應該還是昨天那個少年；一涉數字，忽忽已成中年，唉，日月擲人何急也。

一九七一年，我十九歲，一直到七十年代結束這十年間，我人生中的二十初期到二十末期，皆在其中度過。

我很想叫七十年代為「我們的年代」。所謂「我們」，是那些我清楚看到的與我年齡相仿的同輩並同他們在整個十年裏那種過日子的調調。

我所看到的七十年代，是一個很「台灣」的年代，卻一點也不本土。所謂「台灣」，乃在它已逐漸離開四十、五十年代的半日據、半閩南、半外省所綜合遺留之平寧質樸風貌，又已經歷了六十年代的欣欣向榮追求富裕的繁華衝刺，開始走進一種俗劣品味卻又頗具自我奢華如美耐板家具、床頭沙發墊、計程車內布滿隨音樂叮叮咚咚東游西竄小閃燈的社會景狀，市鎮上到處散發著一種創發自台島的自由語言，如售屋公司採「樣品屋」預售法等是。是一個對自由之呼吸極度需索，卻又一時之間尚未覓得適宜形式的兵荒馬亂世代。譬之於電影，彼時流行「三廳」電影，多由二林（林青霞、林鳳嬌）、二秦（秦漢、秦祥林）擔綱，是一段國片尷尬至極的年代。譬之於流行歌曲，除了延唱五、六十年代的不痛不癢，卻又黏搭搭、膩兮兮的一種言情淒訴之避秦曲調外，更加進了輕佻浮薄卻又歡跳韻動的如歐陽菲菲、高凌風、鳳飛飛等炎炎台島之闊葉草萊飄灑氛味（不似三、四十年代姚莉、周璇之上海板眼，也不同於五、六十年代葛蘭、潘秀瓊、紫薇之香港中繼、台灣承襲的文藝抒情風致）。再譬之於都市隨處放眼所見，是林安泰古厝會被拆遷，卻新蓋之樓毫無美感也毫不現代的那種我所稱的「不本土」。馬路上隨時挖著坑坑洞洞，而摩托車騎士須自警規避。都市中充斥著「西餐廳」，而這種「西」，既不美國，也不英法德義，是一種台灣天才自創的「西」。台灣用自己認定的方式看西方，何等狂放，又何等有趣。在七十年代中後期，開始流行一種「金××」、「金××」的「金」字招牌西餐廳及咖啡廳，迷信因此而能賺金，這種店裏的女服務生穿著「迷嬉」（maxi）長裙，可見經營者對「高級」其實自有一套系統之設計。無怪乎到了八十年代，所有的理髮廳（他們還特別文腔雅調的叫成「理容院」）會設計成凡爾賽宮的衣帽間一般雕花鏡台、鏤花磨砂玻璃門。這是台灣必然的走向，它獨特的生命力經過四十、五十、六十等年代的咀嚼、醞釀，堆疊揉碾就自然會是七十年代那個模樣。七十年代的台灣，堪稱「塑膠文明之最偉大實踐場」，計程車裏好裝窗簾、矢意留著坐墊的塑膠套久久亦不撕拆、司機與後座之間裝上五彩發光假水晶的玻璃菸灰缸等，只是炫其光閃的一個例子。像有一種男士襯衫，看起來像絲質，穿起來會隱約透明，讓人看到肉，不少人（尤其是在外跑跑的）喜歡穿它，或許視之爲高級。這種種環繞我周遭的事物，今日談來有趣、當年何等鄙夷，構成那個多采多姿的七十年代。

它又是一個剛離開孩童、將進入青年成人因而充滿了征服超越之念、自許極高意志極強的弱冠之士的時代。是五十年代出生、六十年代受小學、初中、高中教育，一逕順著體制不敢須臾離經叛道，而一進入七十年代的大學生活便已迫不及待要大口吸進自由空氣的衆家兒郎一展心中宿願的黃金時光。便有這向上向前之念，幾個大學生，邱高、胡德寧、李復民，在一九七二年夏天，結伴攀登奇萊山，竟造成失蹤的悲劇，也淡淡描上一抹七十年代初期台灣不自禁攜帶的青春悲情。只有我們當時二十左右眞正過過那時日子的這些孩子才得體會那份慘綠淒美。而「山難」二字，是七十年代的字眼。

它又是文藝上的外觀情境，開始裝飾光炫（雖不精緻）、色彩蠻艷、設計上的創意既欲横野（黃華成之「遠景」版封面）卻跟進者往往只以彩色攝影情調化的塡補了封面（如少女站在古屋紅牆之流）。

六十年代的文藝洶湧、奔向大口新吸空氣的那份深濃情質，在七十年代稍顯暫歇；且不說《現代文學》、《文學季刊》、《劇場》等雜誌之停辦，即那些小出版社原在六十年代很想如何一番的，如十月出版社、金字塔出版社、仙人掌出版社等皆忽的一下沒勁了，收攤了。史惟亮的民歌採集、俞大綱的戲劇改良也放慢、擱下了。就像六十年代小孩愛玩的「大富翁」、「碟仙」，到七十年代，不是不好玩，也不是拒玩，但就是忽的一下，停玩了。

七十年代是那種原本五、六十年代平寧篤定空氣下很可以迷做一些事情的，卻至此會停掉或改移的亂慌慌、茫哄哄的年代。

作家司馬中原、朱西寧、舒暢等寫得不那麼密集專注了，詩人瘂弦、鄭愁予等也寫得不那麼多了，高雄的大業書店、台北的文星、仙人掌、金字塔等出版社之歇辦，恰好也是作家們少寫的一段光陰。即使七十年代這些創作者或刊物、出版社經營者仍還處於所謂事業上的盛年。

或許除了時代，也有地域、國情因素。西方溫帶文明國家，盛年（三十五歲至六十歲）最能實作、厚作其原業。吾國動亂多，又是窮窘生計，情境的是不同。

它又是一個政治上事體頻繁的時代。從七十年代初的雷震出獄、保釣運動、我國退出聯合國、我國與日本斷交，到七十年代末的中美斷交、美麗島事件等，眞是風起雲湧，然我卻沒啥概念，政治上完全童騃，更無所謂社會覺悟，一來或許有一些「管他娘嫁給誰」的味道，一來也早就懵懂浪漫活在藝術幻想的內心拘窄天地而無意他顧。那時正值西方國家嬉皮遺緒尙在台灣漫散流逸，空氣中有股莫名的慌亂卻仍蒼翠可喜的激烈豪情。年輕人急躁的穿上喇叭褲，女孩子登上「矮子樂」（也可叫「恨天高」）那種麵包鞋，甚至連走路的姿勢，也是七十年代的步法，一種要急著走入激昂、自由的步法。然而這股屬於七十年代的熱情，或者說，魯莽，即使在當時也很令我們受不了。像那時我們在麻將桌上，同學的老妹不斷的在客廳放“Tie A Yellow Ribbon”以及“Killing Me Softly with His Song”這兩首歌並演練舞步，放完又放，反覆不已。沒錯，七十年代的確是那麼奔放、天眞，但同時你極有可能很快就擋不住。

是的，七十年代是慌亂的年代，而在這慌亂的初期，我們就已經跟著波浪跟著漩渦這麼捲了進去。須知打從七十年代一開始，台北市警察局便天天在路上搜捕他們所謂的「長髮嬉皮」、「奇裝異服」的青年男女，那時眞是風聲鶴唳，煞有介事；實則今日想來，這些是個什麼雞毛蒜皮。也可見那是個多麼純樸的時代，警察可以扮演家長的角色！而不像美國電影中的警察必須隨時面臨和匪徒開槍的危險。也於是台北市那時眞是一個戲劇的大舞台，警察的槍像是道具（在八十年代初李師科搶警察槍之前，他們佩的槍眞的是道具），而大夥一本正經在過的日子可能是虛幻。自六十年代一直醞釀過來的劇情，端的要在七十年代演作出來。君不見那家六十年代就開在南京東路四段的「天一假髮」，直到七十年代還有女生爲了去跳舞只好找上一頂，做爲遮蓋「清湯掛麵」之——「道具」。

那時，在六十年代底，有一些高中孩子，即使他自小學、初中，甚至到高一高二皆十分心神收攝的完成了中規中矩的學業，卻在高三前後，不知怎麼被窗外的時代空氣吹薰得有點按捺不定，終於在自由中國學子最重要的人生一役——大專聯考——敗了下來。

聯考之失利，在那個時代——那個重視功名的時代——是頗嚴重的一回事。於是沒念到好學校的學子，有不少開始了他自暴自棄或索性如魚得水的悠游歲月。不管他到了台中的逢甲學院，或到了基隆的海洋學院，或到了溝子口的世界新專，或到了台中的中山醫專，他開始新的一種暫離學業主流而旁涉一些游藝雜流之事。有的抱上了吉他，整日彈整日唱。有的拿起了球桿，在紅黃藍白黑諸色球中彎腰下 side，享受那ㄎㄜ的一聲下袋的快樂。有的摸上了麻將，讓自己的智慧不必再只放在書上，也可在專注於吃七條碰東風、爾虞我詐的無休競逐上。這些東西自幾十幾百年前就有，然沒有像存在於七十年代那麼緊密貼合。這些東西是那時的自由，而以一種稍具禁制的格式提供出來。因此你得到它，是異常刺激的。

二

通常，早上第一堂課一上完，大夥才算一天開始似的。有的站了起來，伸個懶腰。有時有一個人拿起了香菸，而另一個人看到了，向他要；隨即遠處突又東一個說：「吔，吔，這也一根。」突又西一個說：「還有這裏，還有這裏。」這個「散菸童子」馬上說：「沒有了，沒有了。」那時我還沒學抽菸。而那些抽菸者，很多還是不買菸的，人家抽他才跟著陪一支。

那時，我們班上的組成分子很怪。有不少提了塑膠製、輕簡公事包來，像是在做業務。有的戴一副廉價的太陽眼鏡。這些穿著，不知怎麼稱叫，假如我稱它七十年代初彰化式的穿法，不知你是否更容易了解？另還有一共同特點，似乎年紀都略大。與其說是一班級，不如說是一小社會。現在來想，這聯招之分發，有其極有趣的「命運」意味，是一個大輪盤，而我們那一班人就這麼被轉在一起。若每人只得選一個科系去報考，斷不是這樣的組成。

那個學校，我們原該在那兒學電影的，總之陰錯陽差，不知是沒啥好學的，抑或是老師的學養不甚容易滲入學子心意，還或是時代已然亂哄哄的令人沒法專守課堂，甚或是整個校舍就像是一座廢墟，你壓根只能從這堵牆跨過那堵牆、無由稍停，能愈早離開就愈早離開？

那時我們中午常到學校旁山坡上一所民家去匆匆的打個四圈麻將，每人攤五元頭錢，算是給阿巴桑的場租。有時再加五元，請她炒麵加個蛋，賭局卻只不過是五十元一餐的十三張「逛花園」。這所民家，依山而建，在緊張的牌戰中偶一抬頭望向窗口山樹，似乎這葉子就特別的綠，而鳥聲也變得特別的清脆。

這中午休息時間，有兩小時長，我們爲了不要面對這段空檔，開始了這段山家麻將的頹廢生活。從課堂上的賭（有時情勢緊迫，甚至只能用翻書以頁碼來比大小）到課外的圍桌而賭，顯示了某種意思，那便是對多出的時間或是說青春，想去損壞。若不去損壞，那種東西對你的一絲絲召喚，令你羞慚、受不了。所以埋頭在麻將後的日子，就不大去「大春農園」那個後院田籬圍繞、飲料冰果中必放自產蜂蜜的那家絕好「沙龍」談電影了。那時坐在樹影圍繞的桌旁，喝著蜂蜜柳丁汁，受拂著山村的暑風，那是多麼的「本土」情質。然那是七十年代，我們完全沒有那份念頭；我們只在聊電影、音樂那些純然抽離出來的可資迷幻、可資逃避的東西。

有時下了課，我們也會在馬路上逛，一段一段的走下去。不時會發現最後的徘徊點總是中山北路。或許那時的中山北路其街勢比較端整有氣派，其樹影店面比較具模樣，更可能的是，那裏比較外國。走走人行道，也走走騎樓。常常是我們三個同學，余爲彥、向子龍、我。有時半夜了還沒有回家的念頭，那時剛開始有24小時的餐館，最後，我們進了一家叫「安樂園」的廣東飲茶茶樓。大約是凌晨一、兩點，極大的餐廳中，遠遠的只坐了一個人。我們點了最便宜的東西，坐著。不久，我們發現那個惟一的客人，是野馬合唱團的 Johnny 詹，詹秀雄。再坐了一下，委實無聊，便過去打招呼，他竟客氣邀我們同坐。原來他三點要去華視錄影，所以先在此吃點消夜。接著聊了起來，聊的又是音樂、電影。愈談愈進入情況，喋喋不休，直到一小時後 Johnny 離開。那些半夜的服務人員，看著原本兩桌的陌生客人，後來聚成一桌講個沒完，時間是半夜三點，台北市眞的到處是瘋子！

或許那時我們所有的快樂，全不是這個都市或這個國家已在供應之事物。這造成我們要漸漸進入地下，要去自行探覓，好像非不那樣就不爽似的。在找唱片上，向子龍可以去晴光市場，甚至基隆，或「上揚」，爲了找到 Tim Buckley 的“Happy Sad”。在找書上，在舊書攤找三十年代文學早就不是新聞，我曾去到中研院找一位陳三井先生向他買過期的《歐洲雜誌》，去到政大找一位尉天驄先生有意買過期的《筆匯》。而這位尉先生，那時應算中年人了吧，竟然穿馬靴。即使在台大校園逛書展，也會一眼瞄到那本學生自印的《中國文學研究》。

英文的電影書，那時中山北路的西書店居然會翻印“Four Screenplays of Ingmar Bergman”以及一本叫“Behind the Screen”的書。

中山北路西書店之翻印西書，早在六十年代，主要供美軍顧問團就近之需。許多新書美國甫出，台灣隨即翻印五百冊，竟也能銷出。小說最多，John Le Carré 的多本間諜小說，Rod Mckuen 的淺薄詩集皆雜列其間。甚也有 John Barth 及 Nabokov 的嚴肅著作。歌本印得也多，Bob Dylan、Neil Young 皆印。居然連 Bob Dylan 寫的意識流小說 “Tarantula” 也印了。甚而七十年代末，連霍克思（David Hawkes）將《紅樓夢》譯成英文企鵝版的 “The Story of the Stone” 也翻印出來。且裝訂成穿線布面精裝本，較之原版更爲好展易閱，甭說更廉了。此書據說譯得最精；猶記當年讀《紅樓夢》至第五回，想查「求全之毀，不虞之隙」作何英譯，印象中霍氏似乎略過未翻。

有一次在士林美國學校旁的一家西書舊書店逛，找到一兩本 “Film Quarterly” 雜誌，很是難得。老闆看我找電影書，就問：「有一個李道明你認識不認識？」

一九七二、一九七三年間，余爲彥認識的一個女孩子說美國學校某個晚上有部布紐爾（Luis Buñuel，1900~1983）的電影。於是我們立刻在小圈圈中互相通知。結果到了士林美國學校門口，黑暗中站了一票人，張毅、邱銘誠、張乙宸、王大鵬、王俠軍等，來了一缸子。試想，布紐爾吔，是台灣根本不可能看到的世界一流大師，怎麼能不迢迢前往？結果是在一間像小閱讀室之類的地方放，似乎大部份是我們的人，十六厘米黑白，片名是“The Young and the Damned”，一九五〇年在墨西哥拍成。故事講的是一群遊蕩惡少一步步把一個瞎子終於整死的經過。那時我們已看過他在台公映過的《青樓怨婦》（Belle de Jour），自然更想一窺他的昔年名作。

這種找出昔年舊片之舉，使得林賽・安德森導演的《超級的男性》（This Sporting Life）、維斯康堤的《戰國佳人》（Senso）等片都一時之間出了土。這也造成像柏格曼的《處女之泉》（The Virgin Spring）、安東尼奧尼的《慾海含羞花》（The Eclipse）等片相繼被人訪獲，一步步帶動了往後幾年的「試片間文化」。後來索性連一些不可能上片的商業冷門電影，也只好以試片間做爲與台北一小撮電影份子相見的機會，像馬丁・史柯西斯的《最後華爾滋》（The Last

Waltz）、勞勃・阿圖曼的《納許維爾》（Nashville）、史蘭辛傑的《蝗蟲之日》（The Day of the Locust）、Dalton Trumbo的"Johnny Got His Gun"以及喬治・盧卡斯的"American Graffiti"等是。那時（約一九七六、一九七七年）常在試片室出沒的，有劉森堯、黃建業、李幼新、王墨林、卓明、李明宗、張慶源等人。馮光遠、鄭在東那時也是台映常客，只是我們沒有同場碰上。有一個人，個子高高的，也偶爾來看，從他沉默的樣子透出的一股氣度猜測，他應該是某一類同行。這個人叫金士傑，果然他是個表演者，有一份演員對旁觀者怎麼看他的自覺。那時他還沒弄「蘭陵劇坊」，還在耕莘劇團中。還有一個人，是個老頭子，他竟然常跑來看試片。直到今天我還弄不清楚有這樣一個常客。他之讓我印象深刻，是買了一本一九七七年的《生活筆記》（我拿去試片室兜售的），並對我在書後所寫「人名索引」中Buster Keaton的譯名有意見，他說大陸上以前用的是巴士開敦，而不是巴斯特基頓。其實他所說的，我早知道，只是不想把瑪琳妮狄崔希譯成瑪琳黛德麗罷了。而他這幾句話，透露出他對藝術片——或者說好電影——在七十年代坊間之不足是或許微有憾意的。固然我沒和他多談，若是談上了，很可能他會把在大陸上昔年看過的《一江春水向東流》、《八千里路雲和月》、什麼孫瑜、費穆的向你傾洩過來也說不定。要知道這種見過名山大川，學貫中西的老必昂在那個時代是很多的。

台映之類的試片室，湧進了各處來的電影青年，久而久之，我們不禁要想，這是什麼一個都市？這的確是一個什麼也沒有的地方。於是，還滿有一點過癮的味道，也就是說，你好像活在一部科幻影片的空蕩幽乏場景裏，你沒什麼事好做，只好，像是說，抽根香菸。就只是這樣。

既然那是一個渴望在夾縫中獲得難能之物而興奮的半地下之竊喜歲月，故而看電影我們連美軍顧問團也不放過，余爲彥和我看過十三航空隊（基隆路，現在的舟山路）裏的《移民》（The Emigrants），瑞典片，Jan Troell 所導的。

是邊坐在西餐桌上吃 Pizza 邊看往銀幕的那種。至於到天母團區看“Next Stop, Greenwich Village”，到中山北路團區看《計程車司機》、《教父第二集》等種種活動，也暗示了一項危機，便是對美國事態之過多傾注。譬似「美國」成了另一項台北一無所有、設施醜惡下所抽析出來的心靈深處之趣樂玩意。

但即使如此，整個七十年代，由於又聽搖滾樂又看電影，弄到自然而然被迫使對「美國」這樣東西很不陌生。即如美新處的圖書、耕莘文教院的英文藏書，我們也常去借閱（因爲有太多合乎我們的「祕笈」意識）。至於「美國」這樣東西究竟是個什麼東西，七十年代我一點也沒想過，也不懂。直至八十年代我在美國待了好幾年後，那時我想我才約略窺探些許。

七十年代我們對於相關的游藝消息，奇怪，是異常靈通的。台大門口新開的唱片行一張翻版唱片只要八塊五毛，我們很快就會受到益。郊外小戲院上映波蘭導演 Jerzy Skolimowsky 的《浴池冤魂》（Deep End），我們會知道。所以一九七二年初冬，政大的電影社團邀請導演徐進良去演講，那天晚上我們幾個也出現在那裏。結果現場並沒有放映那部有名的《大寂之劍》。而媒體提說《大》片得威尼斯影展獎項云云，也總是語焉不詳。許多年後，我們碰過不少批喜好電影的人，談問之下，似乎沒什麼人看過這部名片。當晚主持活動的，有兩個人，一個叫衛民；另一個則個子不高，神情嚴肅，衣著甚而更顯嚴謹，戴著很有品味的鏡框眼鏡，兩眼睜得很是專注，讓人約可看出這年輕人對人生的規劃必然很具定奪。原來這人是香港僑生，叫羅維明。

政大、美國學校，這些都是近的，一九七三年青年節前後，我們還去了一趟遠的，到台中中興大學看旅美女導演唐書璇拍《奔》（十多年後上片改叫《再見中國》）。唐書璇以《董夫人》一片讓我們得知其名，如同以《大寂之劍》的徐進良一樣。七十年代這種事情很有一些，也頗讓人帶勁。有時想想，那個年代之有趣，必須自然有很多的奔動浮躁才成。

總的來說，七十年代是相當好的看電影年代，除了前面提的那麼多地點，尚有美新處林肯中心看得到奧遜．威爾斯（Orson Welles）一九四二年的《偉哉安伯生家族》（The Magnificent Ambersons）及薛尼．盧梅（Sidney Lunet）一九六二年的《長夜漫漫路迢迢》（Long Day's Journey into Night）。尚有中央日報旁的德國文化中心（看得到荷索的《生命的訊息》、《天譴》）。

甚至到七十年代末期，台灣竟有了一所「電影圖書館」，這眞的不簡單，有不少好片子得以在此放映，雖然你看到精彩處不能「雀躍」，否則會撞到天花板。八十年代以後，不僅很多去處再也不存在，並且要看較特殊的片子必須委屈看錄影帶。

三

另一方面，做爲一個台北學子，六十年代習自課堂上、伴隨著民族情感的〈教我如何不想她〉、〈道別〉（「長亭外，古道邊……」）、〈玫瑰三願〉，甚至在電視上聽到抗戰紀錄片時配樂所用上的〈長城謠〉不禁熱淚盈眶的這類曲子，到七十年代似乎不宜再現身，至少七十年代對這些端莊曲調來講，委實是太輕薄了。

事實上，我們在六十年代底已做好了俗化的準備，先從「學生之音」這種西洋熱門歌曲開始。及至七十年代，我們這一群時代的孩子不約而同會對事態去有意區別，也於是會有意告別六十年代 Bobby Goldsboro 的濫情（像 Andy Williams

更是不屑去提了），而追求 The Grateful Dead 式的病態。是離開 Brothers Four 的乾淨無趣而設法貼近 Creedence Clearwater Revival 的那種鬍子上像是還沾著番茄醬帶點骯髒卻極盡酣暢的放肆。幾乎人人夢想會彈一手好吉他。而吉他不是用來彈藝術歌曲，是用來彈“Stairway to Heaven”。同學姜家龍是如此，他用的方式，是一遍又一遍的放唱片。有時候一次可以連放四十多遍，終於用土法摸出每一個琴音。而七十年代眞是太多人如此，關在房間裏反覆的聽自己偏愛的歌，就這麼樣，用想像力來同搖滾音樂交談。而每一次的交談可以不同，多半時候你未必找得到字句，但你仍然可以描述它，或是意象它。用什麼？用感覺。不錯，七十年代是感覺的電光石火的年代，它隨時在激爆、隨時在流閃，是感覺高昂至極的年代。那時依然還不是語言的時代，可能民國以來一直到今天都還未必是語言的時代，但七十年代不在乎，仍舊以其草創的方法來表達。而聽搖滾樂的人硬是有辦法來比喻種種感受。我們很喜歡「意識流」這個字眼，雖然沒有看過《優力西斯》這部意識流經典，但總是模糊的覺得這個字說出了我們的很多經驗。

大約是一九七三年的冬天，向子龍決定把多年聽搖滾樂之心得，對世人（主要是台北的）做一椿提出。這便成了第一次的「搖滾大餐」。會場借用「幼獅文化中心」（萬國戲院斜對面）。向子龍和他中學同學陳廷鏡、中視的張照堂一起編印了一冊《搖滾大餐 menu》，粉紅色有點螢光感的封面（現在想來這色彩設計滿正的，這本東西雖僅單薄數頁，台灣搖滾史上，若還擁有者，絕對值得珍藏），內容不外是他們選出要播放的歌手及合唱團之背景介紹。播放音樂同時，張照堂放映了一些十六厘米的短片（他在中視做《音樂集錦》所拍攝的紀錄短片）。那是高昂的一次晚會，但那種高昂猶中規中矩，我印象裏建中的學生頗來了一些。因這次大餐，我們認識了一個文化學院英文系的學生，叫戴國光，山東人，壯壯的。他愛聽的團是 Emerson, Lake and Palmer 及 YES，比之於向子龍稍早時的排行 Donovan, Cat Stevens, Bob Dylan 顯得是音效性較為重的。然而大家仍舊談得很暢闊，尤以戴國光正在練彈 Jethro Tull 的 “Thick as a Brick” 的吉他曲，而這張唱片恰好是向子龍最鍾意的。接著幾次聯絡，馬上變得很熟，其中包括常去一家開在中山北路的「哥倫比亞」咖啡廳（它的菸灰缸是木頭挖空做成），也見到了戴國光的兩個歌手朋友，羅曉義（愛唱 Don McLean）及陶至誠（常唱 Bob Dylan）。大概是那年的聖誕節，我們一票同學到戴國光民生社區的家去打麻將，那是我平生遇過的最寒冷的一個聖誕節。

我們在牌桌上連打了不知兩天還是三天，愈打愈冷，又睏。那種睏，打牌的人自很熟悉，是下家一拿牌你已開始打瞌睡。那種冷，是所有窗戶緊閉、每人外套都穿上，卻還是凍得發抖。

又一次，戴國光和他的同學鄭森池，要為他們文化學院的「社會工作服務社團」去雲林實地做田野工作，於是找了我和余為彥一隊共四人，帶了兩台八厘米攝影機，去到這口湖鄉、湖口村實地拍攝當地人民的窮苦生計。那時村民最流行對我們講的一句話是：「你沒把我攝到！」因他們堅信被攝到的家庭會優先受到公家濟助。回到台北後，他們文化學院這社團還爲此辦了一場演唱會，大約可藉此募些款項，原先說好要在現場放映這部我們拍完的黑白紀錄片，後來不知是否因爲會避免暴顯貧窮而取消了。

一九七四年春天，黃春明要拍《大甲媽祖回娘家》紀錄片，找張照堂攝影，余爲彥和我又被拉去邊玩邊幫些小忙。到了北港，趁一空檔，我們提議驅車去看一眼幾個月前的拍片舊地湖口村，結果四人到那一看，似沒啥變化。回到台北後幾個月，聽說那村子眞的大興土木，很有些改善了。

再說回音樂。那時大家都滿注意演唱會的，有兩個兄弟，段鍾沂、段鍾潭，河南人，他們有意辦一份青年人看的搖滾刊物，結果就先編了一份一張頭的雜誌，名字叫《滾石》，他們在某個演唱會（不知是中山堂還是實踐堂）大門外發送，以徵求訂戶。結果，剛好碰上了七十年代中期，訂戶的劃撥如雪片般飛來，雖然每戶訂費不過幾百元，卻頓時收進了好像是六位數字。這樣一來，段家兩兄弟，除了忙著辦雜誌，同時與人合作在台大對面開了「滾石餐廳」（張博雲牙科旁邊）。「滾石餐廳」沒能做成功，但「滾石雜誌」轉到了金山街繼續辦。虧得這兩兄弟二毛、三毛硬撐著辦下去，後來還發展成「滾石唱片」，一步步闖出了一片局面。這是當年在七十年代堅持著自己的興趣，終至在八十、九十年代成為成功企業的絕好例子。

也就在「滾石餐廳」的同一時期，向子龍（那時已辦過第二次「搖滾大餐」，在武昌街精工藝廊）和余為彥及四、五個股東也恰好開了那有名的「稻草人」，位置相距「滾石」不過幾十步路遠（羅斯福路三段，後來「大世紀戲院」的對面）。時間是一九七五年秋天。

談「稻草人」之前，且來談談那開得更早的「艾迪亞」（Idea House）。

一九七三年夏天，我們上成功嶺受訓，我被分到第九連。操練極嚴；但究竟多嚴，卻因沒法與別連比較，所以不知道。直到有一天，蔣經國（時任行政院長）、謝東閔、于豪章等來了好些個大官到我們連上吃午飯，才知道我這一連是眞的「魔鬼連」。

且多說一些成功嶺。

出了一天操，終於要上床睡覺了，突然傳來柔美的播音……「南風吻臉輕輕，飄過來花香濃……」，這曲子好多年沒聽到了，竟在這陽剛、緊張、甚至有些暴戾的情境下擠進你的耳朵，教我們這些新兵不知如何措意，只覺十分怪異。卻又感到莫名的哀憂，頗對白日受指使、責罵的委屈有些許自憐，搞不好有人會在枕上暗暗流淚。

這曲子後來查出來，叫〈今宵多珍重〉；成功嶺會在熄燈前，給蠻悍粗野的操兵氣氛注入這麼一段他們或認的，嗯，溫馨，是我原先完全料想不到的。歌詞中「不管明天，到明天要相送；戀著今宵，把今宵多珍重」令人淒傷。明天，誰也不敢去想。

軍隊會放一種流行歌曲，作爲晚安之慰，不知是何人想出？很多年後，我似有所悟的會想：我們這個國家這個政黨，不知怎的總有一套恩威並施、先給你嚐點苦頭再給你嚐點甜頭的與老百姓做交易的筆觸，而其所用的材料，常取自最庸俗淺鄙者。退伍後沒幾年，所有的服務業店家臨打烊時喜放費玉清唱的〈晚安曲〉，我們受搖滾樂洗禮的孩子乍聽，面面相覷，皆心道：「哇塞。」

那時姜家龍、余為彥所在的隔壁第八連，據說很輕鬆，常常幾個人圍在一起彈吉他。其中有一個輔大的學生，也在他們連上，吉他也彈得很好，並且會吹 Blues 口琴。有時下了課，大家會到福利社喝一罐「愛如蜜」，這個輔大學生戴一副眼鏡，滿斯文的，講起話來，頗有一份魅力，聲音沉厚，然嘴形的動作卻很小，而講出來的話仍很清楚。那時覺得印象深刻，過不久才知道是他小時講很多英文之故。這個年輕人叫賴聲川。他後來組了一個團，叫 North Country Street Band，另外成員是陳家隆、林明敏，在「艾迪亞」演唱。

當時「艾迪亞」是台北很主要的一個民歌現場，歌手先後有 You & Me（雷壬鯤、邵孔川），有 Trinity（湯宇方、張大修、劉紹樑），有胡因子（那時還不叫胡茵夢），有 Fancy Trio（老虎、王勃、小華），有胡德偉、有楊祖珺。當然還有一直苦撐著也要讓它開下去的陳立恆。「艾迪亞」所在的地點，是在忠孝東路「頂好」旁邊，地址是忠孝東路四段五十三號，算是現在所稱的東區正中心。

它的創立，其實算是很早；若說哈佛大學近處的 Club 47（47 Mount Auburn Street, Cambridge），是六十年代初 Bob Dylan、Joan Baez、Tom Rush、Joni Mitchell 等人唱民歌的小酒館，那 Idea House 只不過晚了它十年多些，已是很早很早了。

台灣很多東西皆很可惜。像八十年代的「台灣新電影」萌芽，爲什麼不能早個五年十年？眞去探討起來，其實鎖死的關卡往往只是在一兩件僵化的制度或一兩個不適任的人之手裏罷了。這是很有可能的。

倘早幾年出了一兩個人，又先行撞擊並打開了那道鎖，則整個情況或就霎時改觀了。

「稻草人」這個名字，其來由當然和一九七三年的一部電影"Scarecrow"

（台灣譯名是《流浪奇男子》）有關。剛開幕的那幾個晚上，當然，一沿前例，有些張照堂帶來的十六厘米影片及幻燈片伴同著精選過的音樂一起播放。那面紅磚砌成的裸牆掛著張照堂他姑婆多皺紋的臉之大照片。

除了放唱片之外，後來也有歌手現場演唱。像康福國（喜唱 Neil Young，往往唱到後來，總要激動落淚）、陳榮貴（常唱 Jim Croce、The Grateful Dead 等）、沈呂遂（常唱 Harry Chapin 與 Keith Carradine）、美國人 Bill Savage（常唱 Mississippi John Hurt 那類的藍調）、劉建國與阿村（團名叫 OBG，似是「黑白講」的英文縮寫。擅長好幾家的雙重唱，尤其是 Crosby、Stills、Nash & Young。所唱的 Blind Faith 的 "Can't Find My Way Home" 是他們的絕活）等等。但眞正生意鼎盛，有時甚至座無虛席的節目，是週六夜的 Bluegrass 團體，由彈 Banjo 的 Roger、拉小提琴的周嘉倫、一個日本人及另一個記不得誰共同組成。這個「青草」鄉村音樂當年吸引極多的老外在週六於此共聚一堂，熱鬧非凡，啤酒一瓶接一瓶的開，算當年「稻草人」的主要收入來源。直到有一個週六晚上，那天我沒去，事後聽說有附近太保在店裏滋事，把一個華裔美國人的手指割了幾根。據說後來在桌子底下找回兩、三根急急到醫院接了回去，只有一根找

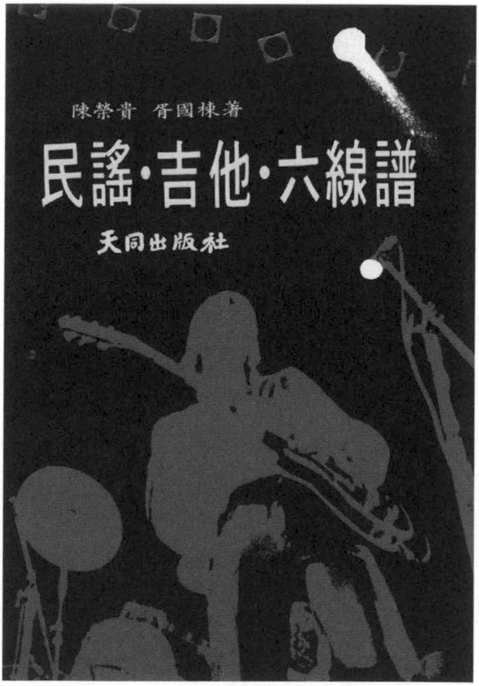

(民謠·吉他·六線譜／陳榮貴、胥國棟著／天同出版社／1977)
陳榮貴與胥國棟編寫的這本「六線譜」，標出吉他六根弦上彈撥的位置，備受習琴者歡迎。

不到。這事發生後「稻草人」的生意冷了下去。

這指的是晚上的節目。白天原本就很冷淡。那時有一個年輕學生，看來不像台北孩子，不時在下午一個人坐著喝杯咖啡，靜靜聽著音樂。每當一張唱片快放完，而服務人員無心顧及時，他會很客氣的向櫃台問「介不介意我幫你換面？」就這樣，他就一張一張自己選著聽。而他選的，竟然滿有認識的。這個年輕人，叫李春發，高雄橋頭人，七十年代初期就跑到台北念高中，在台大時，似乎不大留在教室裏，試片室的電影也看，地下版的金庸武俠也看，經典極矣的《紅樓夢》居然也看，總之屬於七十年代的癮頭他似乎不滿二十歲便已盡得箇中三昧了。

爲了提振「稻草人」的生意，向子龍想了一個點子，便寫信給正在金門當兵的余爲彥，說他有意去恆春找陳達來店駐唱。結果余爲彥信還沒回，陳達已經坐在台北唱開了。那時陳達晚上就睡在「稻草人」的音響室裏。有時他會環顧四面的牆，眼神盯著牆上，喃喃開罵，原來他會看見一個個的小人在四牆游動，他說是前同居人的兒子「江尙」作的怪（須知陳達一輩子沒結婚）。這種事只一下下就又好了。接著他會請人去樓下買一包檳榔，放在一個隨身帶的小臼裏，以鐵叉器搗成泥漿，再放進牙齒稀少的口裏吃。半夜裏他爬起來要去小便，必須從這一端走到窄長的另一端，中間有高階低階，有時有人還沒睡，會體貼的扶他一把，有一次陳達說了：「你們隨時有人跟著我、照顧我，這是眞好。但是有一個地方，我要去時，你們是不能跟來的。」知道他說的是什麼地方嗎？查某間。

陳達還有一句妙語：「你們這裏的小姐對我眞好，但我更想在晚上讚美你們。」頗有詩歌意趣。

陳達在台北待了幾十天，將回南部前，「稻草人」與「滾石」合辦了一個慶生會，在青島東路的紡織大樓，場面滿風光的。

一九七七年有一個在淡江念建築的陳元璋，買了「稻草人」其中幾個人的股。他的幾個同學，像林洲民、吳永毅等常在他淡水租的學生宿舍（他們稱爲「動物園」）過著高談闊論、短褲涼鞋的嬉皮式歲月。而林洲民等人早就很迷電影，有一次，台北一個才剛立志做畫家的年輕人鄭在東到淡水他們租的房子裏去拍八厘米片子，鏡頭擺好了，恰好有一個胖胖的人站在那裏擋住了畫面，鄭在東就說：「胖子，讓一下。」這一聲「胖子」讓林洲民等人有點不好意思，乃這胖子是他們的客人，並且才從遠地回國。

原來這胖胖的人，叫李雙澤。他那時已跑過好些國家，對西洋國家在各處呈現的影響已然很有看法。他會拿著一個可口可樂瓶上台，講一段話，總是類似像「我們不應該需要這種東西」此類觀念。我在「稻草人」聽他唱過 Bob Dylan 的一首歌“You Ain't Going Nowhere”。

有一天，我在「稻草人」看到陳元璋頭低低的，眼睛有點紅紅的。後來他說才從海邊回來，李雙澤爲救一個老外淹死了。他又說那個老外很恭敬的向李的母親致歉，李的媽媽打他一個耳光。

後來「稻草人」頂掉了，最早的一、二成員跑去士林開了家「異鄉人」，也沒熬上多久就歇了。

四

七十年代亦是本省外省鎔和最強之初始。許多外省人後來習慣閒來尋吃蚵仔麵線、甜不辣、豬血湯、炸芋粿等並且凡逛必先選夜市來逛，以爲那是夜晚散步娛樂之惟一想及者。而外省男士迷上了檳榔者，亦最濃烈始於七十年代這個狂情野意時代。而檳榔文化，替台灣這生猛質地再鑲上一圈註腳。同時也替這亞熱帶的中原教化不自禁的蒙上一襲「不正式」的閒散風味。故而西裝革履或長衫馬褂從來不曾將汗衫短褲拖鞋壓過而形成階級之明顯高下。卑其名爲「台南擔仔麵」（華西街）不必價廉於雅其號爲「D.D.S.西餐廳」者。這亦是台島之優勝處也。而前面提及仿絲質會透明見肉的男士襯衫，原應是中南部本省式參援自日式赳赳孩子的裝扮，然外省有兄弟情味者亦好著此衫。即連幫派，七十年代，本省外省也鎔成一股合和體。而本省家庭飯桌上的菜餚原沒什麼辣味，經過六、七十年代學子在外間雜吃後，連本省孩子後日多有一坐下餐館見小菜中的辣椒小魚乾，想都不想便取來吃。我常不自禁注意到這個現象，乃我自己是不吃辣椒小魚乾的。

這自然是台灣這一沒有階級的小小島國之長處。各處是中下階級平民的天堂，於是擺地攤的、電影公司的場務、開車的、賣房地產的……全最能體悟這個小島的自然風習，本省外省皆樂於鎔於其中。

麻將，原是外省人的娛樂，五十年代末以前。六十年代本省人亦打得不普遍。然至七十年代，有本省人已漸打起，至七十年代後期，連外省人也逐而漸之拋卻13張算番之繁瑣、開始打起「放銃付錢」的本省式16張那種不計一條龍、三相逢那套費神而花樣繁多的麻將了。

時代之趨也。

書包。至少從六十年代初以來，有一不成文卻又約定俗成之風，即小學、中學學生皆背書包，大學則書抱在手上。此乃一象徵也，象徵書包仍是制服之一款；而人上了大學，即被賦予不受制服（甚至頭髮）所規範之莫名自由。

約在七十年代末期，有一些社會文藝青年，離開學生生活頗有年月之後，又懷舊的使用起書包來，以之放些筆記本、卡式錄音帶、照相機、香菸什麼的，實亦極方便。

結果，背書包又開始流行了好幾十年矣。

七十年代是開始最不想到買房子、不想到結婚成家的起頭之時代。六十年代人猶依循那古老一逕的習尙，當年紀到了便自然想到成家置產等必然之事，而七十年代青年則已不如此矣。

五

約在一九七三、一九七四年間，我開始隱隱想要創作。未必有什麼形式，只是想表達。或許最粗糙的想講話。或想寫一點片段文字。這是很奇怪的，並且非我自己所能料及。我僅僅能感覺有一種東西漸漸湧過來，愈來愈近，也愈來愈強，它可能是人的年智將要進入某種開蒙，也可能是多年悠閒的晃來蕩去的少年滾地草（tumbleweed）竟至滾成一大球紮、孕育完成想要爆發似的。

還有一點我是確定的，便是從空虛、劣俗、全然無美的七十年代實態中激發出不滿及憤恨後產生的強烈表達自我之意欲。而這一點，直到今天，我依然認爲是台灣這一潮黏騷人的小小地方提供給我（或我的同代諸幸）最最寶貴的一泓泉源。

古今有多少藝術是創發自對美的感詠，而台灣的七十年代所激發於我者，卻是相反的，是不美。七十年代既是bad taste（俗劣品味）湧現到最最高潮的時代，對我及一些同儕無疑提供了極爲珍貴的意義，也就是，它考驗你對這段人生、社會其各式品味之抉擇。而你一旦選取了你所傾向的品及味，往往其所成形的生活調調便從此跟你到今天也未可知。好像說我們在七十年代矢意去找棉布或卡其的衣褲以表達我們對「龍」（混紡）之反對，直到九十年代還沒法脫下來。而我們反感於一種「現代唐裝」，沒想到不少穿那種裝束的人恰好不是我們認識的。

說來殘酷，七十年代的各事綜集起來的「癮頭」，還眞毒性深濃的延漫至今日猶令許多人戒之不去。甚至不感覺它與今日情調有啥不合。因此，我很願稱這票強烈襲有七十年代生活調調之人爲「七十年代人」。而這些生活調調，雖然各人不一，總是那些個不堪實際卻又令人若即若離的或許專志又或許喪志之事。

要是在九十年代的現在去看那些「七十年代人」，很可以發現他們一個共同特色：從他們的現身可看出他們生活配備上的簡陋。做戲劇的金士傑、王墨林是這樣子。在美國任職郵局的姜家龍，在台北公園路燈處做公務員的李明宗也是那副模樣。天天在寫「給我報報」的馮光遠及很久才籌拍一部電影的余爲彥，並同不定期撰寫影評的李幼新以及一年開一次畫展的鄭在東，全部不約而同的是那副簡陋的生活裝束。

當然，這是七十年代其本身之空無所激盪到人身上的不自禁結果。並且，也是七十年代諸君在那時容許無盡的放縱性靈之後所累得之內在滿足，而結形出今日這份安於簡陋的生活模樣。

七十年代，我懷念它。那三千多個日子，我覺得都沒有冤枉。但說懷念，似又不對，它根本就是我的昨天嘛。

（刊一九九三年七月二十一日、二十二日、二十三日中國時報人間副刊）

七十年代台灣的文藝境氛

七十年代，已過去三十多、四十年。我的二十郎噹歲月，正值那時，不妨拉雜回憶一下當時文藝景況。

先說京劇。七十年代看戲最是過癮，乃那時已近京劇在台的黃金時代之尾聲。像孫元彬猶能演《鍾馗嫁妹》，不多幾年之後，便要成絕響。而周正榮亦到了他藝術最富意境之時，《打棍出箱》「我本是一窮儒太烈性……」的那個腐儒也非他詮釋不可。另有一人，田士林，原是票友，竟然也很難得的登上舞台唱那一齣少有人唱的《和尚下山》。

中華日報出版了一本很絕的小書，叫《國劇歌唱藝術對話錄》，由一個叫曾郁芬的留美學子，在紐約的咖啡館側耳聽到鄰桌兩個高手暢談京劇的唱唸做打等美學，日復一日以速記將之記下，竟成一書。簡直不可思議。

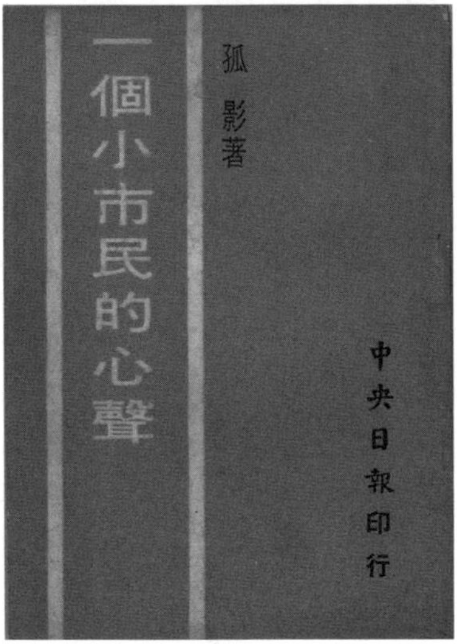

（一個小市民的心聲 / 孤影著 / 中央日報 / 1972）

七十年代初最暢銷的一本小書，是中央日報社出的《一個小市民的心聲》，作者叫孤影，自是筆名。是一個從未出過書的「市民」，卻有感於六十年代世界各地青年之反叛與時局之波盪，抒發了深有見地的感想。

中央副刊在六十年代，閱看者甚多，至七十年代，文藝喜好者漸漸傾向於中國時報的「人間副刊」。一來或許時代氛圍已慢慢遠離了「公營」味，想要探求某種奔騰開放；二來人間副刊出了一個主編，叫高信疆，年輕喜創新，又勇於嘗試新體例，一下子將副刊的高度激震到民國以來的最高點。

電影方面的雜誌，在六十年代《劇場》停辦了幾年後，七十年代出現了《影響》雜誌。由王曉祥、汪瑩等自美國學電影歸國者發起創辦，再由在台的一些愛電影的學子如但漢章、李道明、卓伯棠、余為政、段鐘沂等持續寫稿、分擔編務，將台灣許多不能看到的國外電影得以被認識，而渴望電影新知的青年，經由這本雜誌而延展了他們的電影夢。

七十年代，有一個國片導演，原本安安靜靜的，像是不求聞達於業界，然藝術電影青年早就注意上他，便是宋存壽。早在六十年代的「國聯」時期，即拍了朱西寧的小說《破曉時分》，很受注目。而他七十年代的名作是《母親三十歲》（改編自於梨華的小說）。另有一部片，不准公映，然我們在試片室看過，是他改編自瓊瑤小說、林青霞第一次演出的《窗外》。

七十年代，國片最紅的導演，當是丁善璽。他拍的《英烈千秋》、《八百壯士》在當時十分轟動，不但票房上成功，也激發敵愾同仇的感動力。演張自忠的柯俊雄簡直紅極了。而藝術青年最欣賞丁善璽的一部片，則是《陰陽界》。片中主人公，名喚柳天素，當這三字被陰森森的呼叫著時，我們所有觀眾大氣都不敢喘一口，端的是全神凝注。

義大利的安東尼奧尼拍的紀錄片《中國》，要在電視上播映時，當時眞是很大的一樁事體。大夥皆迫不及待的想一窺鐵幕內的大陸實況，尤其是出自西方大導演之手。

另外在電視上播出的抗戰紀錄片《中國之怒吼》，許多部分是二戰時由美國大導演 Frank Capra 主其事而總纂其成，卻極多片段由中國的攝影師（如王小癡等）當時在炮火中拍下。我們在當年諸多國際友邦之棄異下自電視上觀看，耳聽著〈長城謠〉的配樂，心中何止是起伏二字！

紀錄片，當時台灣亦有一人，張照堂。在中視供職攝影記者，出勤採訪之餘，會以十六厘米影機拍些街頭巷尾生活實況，遂成了當年的《新聞集錦》，早就有太多人注意及之，後來不僅黃春明找他拍《大甲媽祖回娘家》，連美國的唐書璇（曾拍《董夫人》）到了台灣也找他擔任《奔》（後來上片稱《再見中國》）的攝影師。然他更高的成就在照相，這更是衆所周知的了。

七十年代，單眼照相機有長足進步，愛好攝影者頓時多了很多。台北市各處馬路，身背照相機四處行走之士，像是行走江湖的那種風光，眞是一景。

然照相，很少人能夠當飯吃。恰好有一雜誌，《戶外生活》，因爲需要將台灣各地高山、深谷描繪報導，於是雇用了不少的年輕攝影家。如今憶起，可稱當年的美談。

西書的翻印，六十年代即有，甚至五十年代末即開端倪，但七十年代最盛。中山北路上諸多書店皆因美軍相關人員之需而有翻印英文書之舉，書店如敦煌、金山、大同、圓山等，皆供應出太多當年暢銷的英文書籍。有些書，像"Joy of Sex"，或是"Games People Play"皆暢銷之極。

中文書的翻印，更稱可觀。那時有一「明倫出版社」，無論在印刷或裝訂上皆最出色，主要翻印大陸的國故類著作。像一粟編的《紅樓夢研究》，我買過好幾本，自閱外，也以之送人。

有一作家，叫林川夫，他寫的《森林記事》，算是台灣頗早的「自然寫作」，頗爲獨特。美國有梭羅，有一、兩百年的自然寫作，乃大國自然資源早受歌詠，不算新奇；而台灣，委實不易。林川夫的筆意，不同於邢天正、應紹舜、陳世空等人的登山寫作，倒是有一點 W. H. Hudson 式的夢幻山林的風味，卻又不全然如此。

個人式的出版社，七十年代有一「專心文庫」，專出日本學者寫的諸子百家等的研究，譯者竟然全出自一人，叫李君奭，而出版社開在彰化市的民族路。這種窮一人之力量與恆心，專注自己興趣於不歇，亦是當年之美。

另有一「香草山書屋」，亦是個人式出版社，七十年代中出了楊逵的《鵝媽媽出嫁》。出版人，叫邱文福，未必是資產豐厚的企業家，記得當年他似乎還開了一段時間的計程車，必定是對楊逵老前輩的景仰與他的文學之深愛，出成了這本不世之作。

六十年代有一電視節目《錦繡河山》，至七十年代還深受歡迎，被譽爲最有深度的文化性節目，主持人叫劉震慰，他旁徵博引，將大陸的河山敘述得十分生動。這節目受人喜愛，固也因「想家」之人頗衆也，其實那時離大陸丟失並沒太過久遠，卻思鄉之情一逕如此濃烈也。

這位劉震慰，有頗高的採訪功力，能對當時渡台的許多各省耆宿作深度的訪談，尤以「吃」的訪談最爲深刻，最終出了那本極有史料價値的《故鄉之食》。

咖啡館，皆有或多或少的文藝功能。武昌街的「明星」不用說了，是老字號。畫家呂基正最常在座，小說家子于也不時見之。黃春明亦是常客，後來明星要更換新桌椅，便把舊的大理石桌子與椅子送一套給他。噫，何等美麗的禮俗。

後來明星還開了分店，在中山北路二段。而二段頭的「美而廉」原很知名。國賓飯店的「阿眉廳」亦是文藝人士談劇本、聊天的地方。另外羅斯福大廈底樓的「我們」、漢口街的「天琴廳」皆能耳聞極多的藝術討論。

南海路、泉州街口的「美國新聞處」更是文藝活動的極佳場所。

有一本雜誌，叫「漢聲」，英文名叫 Echo，當時是英文版，顯然對象是在台的外國人，然內容涵括很多的台灣民俗，設計十分先進，一點都不陳腐，一出刊便深受矚目。

那時候沾染文藝，如今想來，眞是太左右逢源呢。

七十年代，不少有志國學經籍的年輕學子，皆矢意投入到一私塾學習。這設私塾之人，叫愛新覺羅・毓鋆，堪稱一代奇人，前幾年過世，活了一百零六歲。他的國學極深厚，而身分又極特殊（是滿清的皇親國戚），更特別的是，他居陋巷不欲人知，潛心學問，誨人無數，性格孤高，卻桃李仍舊佈滿天下。我在七十年代孤陋寡聞，到了八十年代末在美國才聽聞有不少留美學子都曾入他門牆聽課，這絕對是台灣學術界的一樁傳奇。近讀張輝誠《毓老眞精神》一書，更對此人嘆服不已，想想七十年代已然有學子一意深心鑽研古籍，而近年古籍據說更受兩岸高位階人士憧憬醉心，這毓老一輩子的篤學，不枉也。

（刊二〇一三年四月二十四日聯合報名人堂）

武俠小說及其世代

——《讀金庸偶得》新版弁言

此書寫於一九八一、八二年間。十六年光陰流射何迅也。

今日回想，這十六年來居然沒有再看過什麼武俠小說；而承遠景沈登恩先生相邀寫書前，竟也有六七年之長只一心耽注搖滾樂、電影及現代小說之喪志而久丟失了武俠小說之癖愛。

由此看來，我的武俠興致年代或竟只是少年時期？

一個時代有一個時代的本色文藝。可以說從五十年代中一直到六十年代末，算是台灣武俠小說的黃金年代。

一個地域有一個地域的本色文藝。我的童年與少年時期的台灣，是一個看武俠小說的地方。

倘有一天，你在花蓮或台東某一小鎮下了火車，只見那裏很多木杜磚牆的房子，青少年穿著汗衫，趿著木拖板，站在巷口講話；若還有那種情景，若還有那樣地方，便我等可以回到讀武俠的年代了。

在五十年代末六十年代初期與中期的台灣，不僅是大街小巷有小說出租店，有古意盎然的筆名如武陵樵子、南湘野叟、古如風、秋夢痕、柳殘陽、雲中岳，有興人思古幽情的書名如《江湖夜雨十年燈》、《紅袖青衫》、《古瑟哀絃》、《一劍光寒十四州》，也正好少年子弟多的是被頻於戰亂、遷徙流離、憤鬱經年的父親生育下來而致易於桀驁不馴、勇於鬥狠，以是成為所謂的「太保」。而市鎮的生活阡陌，即以台北為例，每走幾百公尺，便可能有一幫衆聚點；什麼「四海」、「竹聯」、「海盜」、「血盟」、「飛鷹」、「龍虎鳳」等幫派，甚至成功新村、松基一村、四四南村、正義東村等，這類同質背景聚落也可以是外村人的龍潭虎穴。

那個年代，是一個「當時」靜止不動的年代，像是人可以按自己的意識活在他心想的古時莽野。一段戰事稍歇、市景百無聊賴、人心一籌莫展的苦悶年歲裏，於是對武俠小說這套不涉眼前、無關宏旨有一份寄情，或是說對恍恍高世有一片悠然遠想。

什麼樣的人在讀呢？必是對「中國」略有認識或略有聽聞之人；不管他是早先得之於廟台前的歌仔戲，得之於巷口小店的小人圖畫、得之於圓牌上的封神榜故事，或者在學堂裏受習過幾篇中國古文、幾章中國史地……等等。

有著什麼樣的情緒之人會樂於去讀呢？或許也可歸納出來：（1）在現實社會中，有一絲「逸出」之念者。如課考繁重的學子；如他是理工科的專業人才，卻常有公忙之餘想如何如何者。（2）癡人。一逕在追尋某種能矢志凝情之事或物的人。（3）尋常的信而好古者。

於是那些好閒來泡茶、翹腳看報、揮扇吟戲、燃菸吞霧、圍桌雀戰、兩人對弈、月下獨酌、夏夜乘涼、談古論今……等等之人會去讀它。

韜光隱晦者讀它，抱殘守缺者讀它。

並且，昔日歲月端的是極其容許這類生活調調。

於是在區公所送公文的，或是在機關做門房的，學校裏的工友，看管腳踏車的，皆可以是名正言順的讀武俠小說者。

甚至你看一個人，會想，「他是個看武俠的。」往往這種感覺硬是很準。

什麼樣的人寫武俠小說呢？

文學系歷史系的教授們沒怎麼聽說過有寫武俠小說的；陳世驤沒寫，夏濟安沒寫。

不少寫武俠小說的，常是學歷不甚高者，甚至很年少便勇敢率爾下筆的。

柳殘陽開始寫時，只是高中生。他那時一個學生寫書所賺的稿費比他父親校級軍官的餉還要高。

五十年代中期，寫一部二十來冊的武俠小說，據說可以買一幢樓房。

太多的武俠作家，他之所寫，依據的不是深厚的國學知識，依據的不是透徹的文學理論，依據的未必是洗練的人生見解或世故的人情經驗；他們還不來得及找取依據便自下筆寫了。

或許他們靠的也是讀前人的類似原型便已躍躍然要試著說自己的話、講自己的故事。很可能臥龍生寫《風塵俠隱》或《飛燕驚龍》，是來自於讀還珠樓主的《蜀山劍俠傳》而自己有感要抒，而終至寫成一部武俠小說。

武俠故事中多有受朋友之託而致自己受累之情節，譬似司馬遷李陵事蹟，然武俠作家未必詳讀過《史記》、《漢書》，未必讀過〈太史公自序〉或〈報任少卿書〉。

小說人物常意興風發，豪情萬丈，「當其欣於所遇，曾不知老之將至」、「禮豈爲我輩設也！」、「夜大雪，眠覺，開室，命酌酒，四望皎然，因起彷徨，詠左思招隱詩」往往如魏晉人物，然武俠作家也未必詳讀過《世說新語》。

武俠作家熟讀的，亦不外是中國傳統孩子詳悉的《三俠五義》，是《彭公案》，是《水滸傳》，是《三國演義》。

武俠小說之功能或其大矣，然武俠作家未必自知之。我人幼童即自紛紜武俠書中感知人生之滄桑，感知那些個「江山留勝跡，我輩復登臨」，感知那些個「古者富貴而名磨滅，不可勝記；唯倜儻非常之人稱焉」等等等等，此皆可汩汩得自閱書之潛移默化過程，此皆可在十二三歲之幼已竟其功，非特要研索自孟浩然司馬遷之名山經典。此不能不說是武俠小說之固有中國人世教育之巨力也。

當我們上了中學，讀馬致遠《天淨沙》元曲；「枯藤老樹昏鴉……古道西風瘦馬……斷腸人在天涯」；感覺親近，感覺就像是寫給我們的，然我們何嘗懂得什麼是「斷腸人」，什麼是「天涯」。我們孩子硬是懂得，來自何處，武俠小說也。

武俠小說，使太多的台灣孩子對遙遠的中國，及中國的歷史，產生概念。可以說，武俠小說在某一層次上，扮演中國歷史的輔助教材之角色。

今日不少人迷上了佛學、設立了道場，未必全是飽讀佛經，往往是早歲薰染自武俠小說。而電影、電視中之佛門風俗，動輒稱「貧僧」、「施主」、「老衲」，動輒宣唱「阿彌陀佛」、「善哉善哉」；你道是他從哪兒學來，佛書乎？寺院叢林親見乎？自然不是。他揣學自武俠小說。

我的同代之士在多年後（如八十、九十年代）會有穿上現代唐裝的，開辦書院或私塾的，愛上喝茶、說什麼壺中天地的，擺設明清桌凳的，四處看山買林野的……等，皆不自禁有一絲早年參借自武俠小說之潛蘊意念。

及至少年，我們不只看武俠小說，甚至也迷於武藝。所有孩子都談問過這樣的問題：世界上到底有沒有輕功？到底有沒有掌風？有沒有點穴、金鐘罩、鐵布衫？任督二脈打通後便百毒不侵嗎？

迷於武藝，兼而迷於武藝的眞人傳奇，由是一些名字如韓慶堂、劉雲樵、常東昇、鄭曼青等當年渡台的活生生「練家子」自然不會不耳聞。

重慶南路上書店的武藝書，如萬籟聲的《武術匯宗》、金恩忠的《國術名人錄》、徐哲東的《國技論略》、孫祿堂的《拳意述眞》等不免要去探看。

甚至明朝大將戚繼光的《紀效新書》，甚至那更似體操而少武打意趣的「八段錦」「五禽戲」，竟也樂以輕涉寓目。

其中尤以太極拳的書籍翻看最多，楊澄甫的《太極拳體用全書》，陳炎林（陳公）的《太極拳刀劍桿散手合編》，陳微明的《太極拳問答》，吳志青的《太極正宗》等。隱隱有「即使不以之打人，也是好養生」之想。

不少我的同輩曾在中學大學時練過拳的，日後到了歐洲、美國留學，還常在巴黎、羅馬、舊金山的公園裏演練八卦、太極。

實因中國小孩和武藝原就有不能脫卻的先天關係；我國孩子的童年嬉戲是「鬥劍」，一如美國孩子的是「牛仔與紅番」。

而武打招式的名目，如鷂子翻身、鯉魚打挺、金雞獨立、白蛇吐信、黑虎出洞等早就是孩子們自然的國學詞語。

至於台灣孩子在嬉鬧時所說的「月（葉）下偷桃」、「桃下有毛」，更是他們在頑謔中自行加創的逸招。

今日，據說更多的X世代、Y世代少年男女加入閱書（應說「翫賞」）之列，迷上了武俠小說，迷上了金庸小說。其所採擷欣賞角度，又更飛翔奔逸，隨興所至。

他們看武俠，像是純粹看其抽析出來的意趣，不太特去在意背景或歷史。而武藝者，更非他們趣意所在。六十年代孩子於武藝史乘傳承中所尊崇的姬隆風、董海川、李洛能、郭雲深、李存義、程廷華、大刀王五、霍元甲等今日孩子未之聽聞姓名，實乃「雖不能上山學藝，心嚮往也」的視武學爲眞有實事之念。今日孩子視武俠書中的武藝或有一絲如電玩中傀儡踢打之安置。

另就是，他們很健康的、很文明選擇的、挑上了武俠小說這件娛翫，譬似挑一只他所偏好的電子雞。而不是三十年前我們看武俠小說時的，或是襲著慚愧的一絲竊意、或是長得就像是「看武俠的」那種不甚健康、不甚文明、或根本就有些陰晦氣息的慘綠模樣。

老時代裏，對於機械文明半知半解、又期盼能掌控一齒半輪之利便，遂有武俠小說中「機關」之無限遐想。而於宇宙現象之撲朔難明，至有《紫電青霜》一類之小說書名。今日少年早於《星際迷航》、《異形》、《二〇〇一年太空漫遊》之類電影多所洗禮，倘以還珠樓主《蜀山劍俠傳》中電光石火情節瀏覽眼前，哪裏會有興味？

單單「電光石火」四字，即使在三十多年前我做小孩時，也早就不能有驚異的感覺了。

以前孩子看的漫畫，只會看它的故事，不會以漫畫中人的表情與口氣來用在眞實生活中。當然以前葉宏甲、陳定國、徐錫麟、陳海虹、林大松、劉興欽、黃鷥等人所繪的情節中也沒有如今漫畫人物中所亟需宣吐的濃強自我。

以前的漫畫中對白，甚至沒有語氣。

今日孩子在泡沫紅茶店的聲口、撒嬌，或在補習班街、西門町、東區商圈的種種馬路上的打情罵俏，如她們說：「老公！」「我哪有？」「你怎麼知道？」……等等，俱是自日本卡通、自黃子佼電視、自漫畫、自這個配音無所不在的「遊樂園式」城市中點滴薰養學仿而來。

以前孩子看武俠，常需躲在被窩裏偷看，如今孩子壓根把書攤在客廳茶几上，不在乎父母看到與否。

昔年因避世而好讀武俠之人，今日卻不讀了。他們讀的是最最切近世事的政治新聞。他們在公園裏、餐館中、大廈管理員的櫃台後大談與他們年紀相仿的郝柏村、李登輝、宋楚瑜、陳水扁怎麼樣怎麼樣，甚至對三十年前原本相當隔膜不便的對岸也能大發議論，出口成理；說江澤民如何，說朱鎔基又如何。

金庸所著十餘部武俠，寫人物情態，則栩栩如在眼前；寫故事，則奇中有致；以其體製完整，起束周全，堪稱近代武俠小說集大成者。然其引進台灣過程，亦頗周折。七十年代初，先有盜版以《萍蹤俠隱錄》書名掩代《射鵰英雄傳》、後有以《小白龍》書名掩代《鹿鼎記》，悄悄流通於租書店。七十年代末，遠景出版社公開引進後，全台讀者遂爲之風靡。

然金庸之洋洋說部，其實寫於五十年代中至七十年代初，那個年代原也是台灣讀與寫武俠小說的高峰年代。只是當年台灣讀者因書禁而緣慳一面。

六十年代中，我還是個初中學生，偶因機緣得閱香港武史出版社所出的《天龍八部》。黃色封面，共三十五冊。每冊一百頁，含四回，每回之前有插圖一幅。當時一口氣讀完，只覺文筆典雅、學養深厚，女主人翁王玉燕（新版改爲「王語嫣」）美麗脫俗教人不捨，卻不知作者金庸是誰。其最感印象深刻者，是蕭峰死義之壯懷激烈，痛人肺腑。當時便隱隱覺得：台灣的武俠小說中找不到壯烈如此者。

誠然，一時代有一時代之文藝情牽，還珠的時代也無有壯懷激烈如此者。民國十九年的張恨水其於北洋軍閥時代所情牽志繫者，遂有《啼笑因緣》。魯迅於民國十二年，則寫有《阿Q正傳》。

以今日看去，一九四九年後，莫非金庸算得上一南渡文人，如易君左、南宮博、徐訏、盧溢芳等是，南渡至「漢賊不兩立」之念極強的當年香港（且看昔年在港有筆名「鐵嶺遺民」之類，可臆其人之心繫舊家山）。

香港受高山橫斷於北，自幽自足於嶺南一隅；幾百年來中原頻歷戰亂滄桑，變之又變，香港猶得一逕抱守宋明古制；且看長洲太平清醮「搶包山」風俗即內地深鄉亦已絕見。而黃大仙廟前販售香燭者，多有喚「容姑香檔」、「張三姐香檔」、「笑姐」、「歡姐」、「謝珍姐」等。

中原的語言又幾經熔煉、統一，删繁化簡；而香港人仍自操使著古音古語如「著數」、「生性」、「心水」、「沙塵」，即連商家牆上仍貼著「嚴拿高買」、「面斥不雅」古老警語。

正因四九年後，人遭世變，香港市面不免瀰漫愁雲慘霧；維多利亞港裏常有人跳海，木屋區不時遭火失所，而徐訏會去寫《手槍》，趙滋蕃寫《半下流社會》，杜若寫《同是天涯淪落人》此等黑白片似的社會寫實小說。而香港乃一眼前求實社會，沙千夢小說《長巷》之懷鄉愁舊書作，在惶惶香港濟得甚事？金庸當此境氛，感慨既深，世情相逼，又出以武俠小說這股非常筆墨，焉得不情節壯懷激烈如此者也。

金庸長於情節描寫及人物刻畫。而地理途程之著墨較少。地理風土之細節似不是他專意之處。他的人物若於一鎮邂逅，繼而要往一遠處參與另一大事，其中途程雖迢迢千里，卻只受他一兩句話帶過，馬上便剪接至「情節場景」；可以說是戲劇的處理法。

至於王度廬，若寫到北方山丘，如《風雨雙龍劍》中會寫及：「聽到群山之後有轟隆隆的滾蕩之聲，以爲快要臨近黃河；再行不久，才發現適才所聞原來是馬隊奔騰之洶洶聲浪。」這類近乎田野實況之呈露。

另外像還珠樓主會在書中（似是《雲海爭奇記》）寫到某一人物在深山野林覓徑而行，苦於不得出；不經意的帶到一筆：「及見這山現出一角寺廟，始敢揣想離人煙應當不遠……」

王度廬、還珠樓主大約是飽於遊行四方之人，其書中這類好似親身聞見之描寫令我這都市孩子心生嚮往。然他們的書我多半沒有看完。不知是否因其結構不求緊接一貫。而金庸小說，我本本看至結尾。

六十年代所讀的臥龍生、諸葛青雲、司馬翎、孫玉鑫等人所寫武俠，竟完全不能記憶其中本事。僅能約略記著《玉釵盟》中有「徐元平夜探少林寺」，再來如何，完全記不得矣。而金庸故事人物我總能大多記憶。

金庸書固情節之豐繁多變，又可抽絲成縷，井然不亂；其最受人樂道者，爲人物。今日讀者讀王度廬筆下的玉嬌龍，沒啥深刻感應，只覺她是性情暴躁一介北方土妹。然同屬清季女子，同處北方，《書劍恩仇錄》中駱冰則活潑如在眼前，有眞情，有人味。

金庸之書所以凌越各家者，一言以蔽，動人也。以其書中凡有情處，必深情也。洪都百鍊生所謂，其感情愈深者，其哭泣愈痛。

今日金庸小說甚至供應新世代少年男女多重的用途。感情受挫的少女在二十四小時泡沫紅茶店深夜打工，手臂上猶留有菸頭烙燙的誓疤，皮包裏還存著些安非他命，店裏播著鄭秀文或張惠妹的歌曲，而她的桌上可以放著一本《神鵰俠侶》。她在閱書之落花飄萍、多舛孤淒命途中幽然自傷，並也同時因傷於小龍女本事而聊慰自己苦痛些許。看著看著，隨手取茶桌上餐紙撳一撳清淚，擤一擤熱涕，便又可再走上工作崗位矣。

新的世代有新的對武俠小說的即興採擷。而他們所採者，竟然不容易是別的武俠作家，而比較是金庸。

將來除了漫畫中將武俠人物自由造型外，甚而服裝設計家也以金庸人物做爲打扮的原型；如以黃蓉爲模特兒，以霍青桐、以藍鳳凰、以小龍女、以南海鱷神等，沒有什麼不可能。

時光荏苒，我心中的武俠小說年代大約成爲「往事」了。

可以說，今日新新人類所看待武俠小說之眼界，是屬現代；我的同輩的看待武俠小說之眼界，則爲遠去的古代了。

（刊一九九八年四月二十七日、二十八日中國時報人間副刊）

六十年代舊事雜看

自四十年代戰爭結束及遷徙來台以至直到今日工商有成已顯富象，此五十年間，六十年代具有承上接下的中段意義。

是電影極度受人渴求的年代。人在影院中雀躍、忘我、編織自己夢想。是《梁山伯與祝英台》（一九六三）令全民哭溼手帕，並反覆去看。戀愛之劇情固然扣人，最大的力道或在於黃梅調這一甚富旋律性之音樂將不論外省本省、南方北方各地鄉民盡皆擊潰；乃它沒有梆子、皮黃、秦腔、亂彈等調之地方性或高古性所具的隔閡。

這半南不北、又南又北的黃梅調，便將人朦朧的寄其故國之思。它像是「中國」的隱隱概念，恰可在這蕞爾小島各地南南北北齊聚之人心中產生洶湧震動。倘在大陸這片大地上便不可能。

是西洋熱門歌曲“Say Yes My Boy”莫名其妙的風靡全台。所有的十來歲小孩全覺得它好聽。而唱者你今日要在搖滾史料上找尋其生平，完全找不到。她叫 Amy Jackson，名不見經傳，似是一個美亞混血兒。她在唱片上的主歌原是“Crying in the Chapel”這首連貓王也常唱的名曲，卻不料另一首“Say Yes My boy”竟讓全亞洲街巷爭頌。何也？當是它詞意簡單，曲調明短，令非英語國家的人可像童謠般的朗唱。

六十年代的孩子，沒有風姿動人的娛樂式之運動，如今日的溜滑板、滑翔翼或 mountain bike（或外國的衝浪、滑雪、賽車）；只有發散精力、稍以講求技巧爲快樂並帶些輸贏競爭的運動，如籃球、乒乓球等。至於極富動人風姿卻少揮汗費力的撞球，則幾乎先天上被視爲邪惡、不規矩。

乃因當時貧窮，人極習於競爭，太多的game（遊戲）及運動皆不自禁的涉及輸贏之賭。小孩子打圓牌、彈珠，投籃繡滿堂紅賭冰水，終至打彈子必涉打網子。

困窘年代遊戲及運動的材料少，致使人專注於球場上的時間長，這也是幼年時缺少玩具文化而致少年後如此。百無聊賴，手插口袋，三朋四件，狐群狗黨，終弄成混「太保」，尋事惹非。其實有太多人只是boys just want to have fun，尋開心而已。

太保現象，一般言，常是戰後症候群。義大利、美國亦如此。戰後憤恨鬥狠猶之未消的父親，生養下的孩子，桀驁不馴者本多，而父親失神落魄，常也沒心思細加調教，只能在怒時強加鞭打；大人愈打，孩子愈倔，劍拔弩張，便跑出家門，做了太保。

少年隊的魯俊不知作如是想否？

五、六十年代的交際花（或近於義大利的「阿姨」）。她們在大江南北的重重遷徙之後，來到一個新的城市。因爲某些原因，沒能寄身在一個良人身旁、一個家庭之中、三兩個兒女的負擔裏，終於，成爲一種特有階層。

她若很見過一些世面，很接受過一些新式教育，很能有一些吐屬，甚至還頗有幾分姿色、自我顧盼又頗相得，更甚至她的心性開放、頗好人群熱鬧，那麼她實可以成爲某種環境中相當施展得開的一位角色。

她不需長得像張仲文，也不必像白光她們將情態施放得太過；然四十年代的水土與人情質素卻使所有的她們原本即具備熱烈豐潤的感情，但看她吐露在哪裏罷了。

她的旗袍的上襟，可以被她塞入一條手絹。她的頭髮，可以分得很有角度，髮尾還許燙過，使之頗形波韻，或還別出心裁的別上一個髮夾。

若她看過不少四十年代歐美電影中婦女吸菸動作，又引以爲媚，也許她也能抽上幾根。要不，她也很嫻熟於幫周遭的男士遞菸燃火。乃她的才氣常包括很可體貼的款待客人朋友。

「整形醫院」初興於六十年代。乃歷經四十、五十年代的清苦無色的慘澹歲月，人們稍見了一些享樂的曙光（彩色片、小型工商，fashion 也開始迷你裙、雞窩頭的奔放），也有膽子愛美了。更主要的是，投入此業未必需要高難複雜醫術，許多下了公務的軍醫，甚而密醫也有了新增的業務。再就是，台灣社會一逕存在的浮華（有人草率的形容爲「笑貧不笑娼」云云）及各方人眾聚合下（閩南舊習、日據遺風、外省攜入）自然激盪之風塵文化，更助長之。

是「磚頭小說」（言情、黑社會、間諜、武俠）稱得上產業化的年代。磚頭，言其厚也。據說當年寫一部武俠小說可買一幢樓。

金杏枝、禹其民的言情，臥龍生、諸葛青雲、司馬翎的武俠，費蒙的黑社會，鄒郎的間諜等皆是那時代的產物（五十年代肇始，六十年代大放光明。一如太保幫派）。租書店林立，亦不自禁構成人們精神食糧的供應站，也形成七十年代以來作家寫作文體、用字習尚或多或少之相互薰習。

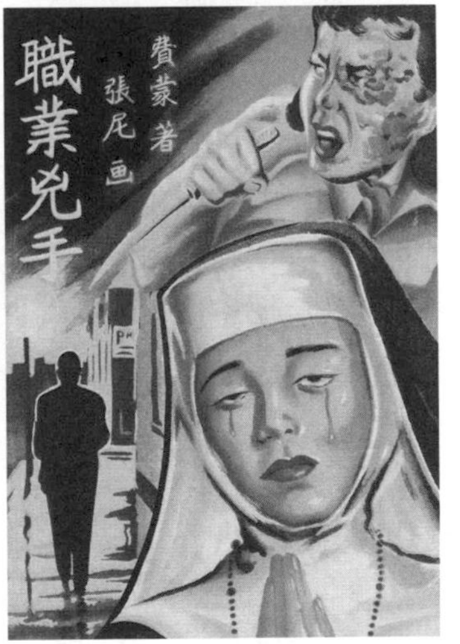

（職業兇手／費蒙著／兄弟出版社／1956）

費蒙能將三、四十年代的film noir（黑色電影）故事構造，混以克拉克・蓋博（如《賭國仇城》仇奕森之可能原型）的主人公造型，再配置上海灘杜月笙式「閒話一句」的白相人或諸多青洪幫式江湖人眾，搭建出一部又一部的暗黑社會之奇情鬥狠說部。此等構思，堪稱戰後或神州丟失後最紓解讀者心靈、最具娛樂移情效果之巧思讀物也。

六十年代用字。有一詞，肉彈。謂夷光是肉彈，謂劉亮華是肉彈，又謂范麗是肉彈……究是何物？

六十年代廣播。張天玉的鐵板快書是爲舊國曲藝卻又有徐訏的現代大都會的洋風廣播劇《風蕭蕭》，更有譯自東洋的懸疑劇《怪指紋》；交相映輝。

「自助餐」，興起於六十年代。可算均貧年代極講公共觀念下的一件產品。猶記六十年代初，我被大人帶去襄陽路、懷寧街口一家叫「速簡餐廳」的店，是記憶中最早的甚具西洋原制自助餐館規模者。用大型鐵盤子（應是不銹鋼合金，頗重）。挖著方方圓圓的凹槽，分盛肉及菜。這種鐵盤子，相當可能最早是國外製的，如美軍也用，大型輪船上也用，繼而流入市面。台灣的醫院，或也用。

六十年代中期，所有學校的餐廳或附近開的，全已以自助餐爲標準的供飯形式，養活了不知多少學子。

自助餐，直到今日仍各處存在，並不式微，足見它這種平民化、社會普需化，其實頗適於台灣。

六十年代，女孩子流行長髮直披。不燙，常中分，下緣過肩。切齊，不打薄（七十年代才流行打薄）。長髮，是很持久的流行，但六十年代是其托身最恆永的招牌歲月。小說家歐陽子在一九六七年出的一本短篇集子便叫《那長頭髮的女孩》。

音樂可以呈現那個年代的氣氛。

而六十年代的音樂多的是funky氣氛，許多模擬走路的荒誕姿態，故有音樂像“Walk Right in”，像“These Boots Are Made for Walking”，也有像電影《哈泰利》中的配樂“Baby Elephant Walk”，當然也有“Sleepwalk”（雖是一九五九年之作，然五八、五九實已是六十年代之開端）。

（刊二〇〇〇年三月九日中國時報人間副刊）

五十年代小憶

近日年輕人偶問及六十年代、五十年代的台北是何情狀，談話中回答了一些，意未盡，在此不妨再說一些。

彼時台北，一方面猶有鄉村情韻；鴨糞陣陣，水牛在田，牛車漫行於馬路。卻家家有自來水，有電。一方面西洋流行歌曲像Hank Willams的"Jambalaya on the Bayou"隨時盈耳，「呼拉圈」之物亦立即來抵此鄉。不久迷你裙、阿哥哥舞步仍然無法阻擋的流溢進入這個平房矮牆、細巷窄渠的緩緩靜靜半大不小城市。

買豬肉，以寬葉包起，再草繩紮之。買油條，猶用粗紙一張包繞其腰，以草繩繫之，人拎著返家，油條未受密裹，猶能爽脆。

學生赤腳上課者並不算怪。然則「窮」的觀念並不特別強烈。主要人人清苦，又無階級之嚴苛，可謂均貧。

家中的藤椅、藤茶几、竹碗櫥、木板床等，極普見，頗似村居用具，又予人輕便臨時權用之感。觀《江山美人》電影見林黛家是竹籬茅舍，很視爲當然。

而小孩的模樣、長相，皆是鄉下小孩之狀。

中國的痕跡仍多在。穿長衫、留鬍子、剃光頭的老頭子，與裹小腳老太太仍多見。生活中仍是大家庭倫理，並且多的是三代同堂。又每人仍言郡里。在台北任事、讀書者，老家仍在遠處鄉里，有的在河南，有的在彰化。

婦女梳頭，有用木匠刨下來的一捲捲檜木薄片，浸了水，蘸它梳頭髮，則髮色光亮。然我小孩眼中看來，一種陳舊的怪異氣氛，且這種髮型（多半是外省中老年的老婦人），竟有一份鬼氣森森。

招牌多民國要人之書法。于右任、賈景德、謝冠生、莫德惠、黃國書等。大片的牆面往往充滿警語，像「天下興亡，匹夫有責」，「意志集中，力量集中」。

在那時的前幾十年，太多流徙與戰亂，至此人們千思萬想是好好喘一口氣、過幾天安詳無事好日子的時候了，於是電影或話劇的名字往往愛取《大地回春》、《夜盡天明》、《雨過天青》、《天長地久》、《惡夢初醒》、《春滿人間》這類題意。

孩童的詩謠世界，亦可一提，如「對不起，行個禮，放個屁，臭死你。」此最早的「三字經」體詩也。另「小姐小姐別生氣，明天帶你去看戲；我坐椅子你坐地，我吃香蕉你吃皮。」此我等童子最早受習之七言絕句也。尚有一詩：「三輪車，跑得快，上面坐個老太太；要五毛，給一塊，你說奇怪不奇怪？」

有些品名，外省人還習慣稱「菠蘿」而不是鳳梨，稱「廣柑」而不是柳丁。至六十年代，便習慣今稱了。

五十年代末，在台灣，漫畫最是大放光芒。一九五八年陳海虹在「模範少年」連載《小俠龍捲風》，而陳定國則有《呂四娘》。此二者皆用的是「類國畫」筆法。而同在一九五八年，葉宏甲於「漫畫周刊」連載之《諸葛四郎》，雖是古代題材，筆法卻是一種說不出何式風格、獨創的簡易線條，竟然大受孩童們的無比歡迎。

至若徐麒麟的《三斗米》、黃鶯的《地球先鋒號》、林大松的《義俠黑頭巾》、羊鳴的《小八爺》、劉興欽的《阿三哥》，皆是我們童時最廢寢忘食的好讀物。更別說牛哥（李費蒙）的《牛伯伯打遊擊》了。那眞是看漫畫的絕好年代啊。

若說社會氣氛的低迷不展，則收音機中的歌聲或許可以流露，像「熱烘烘的太陽，往上爬啊……」（電影《翠翠》的插曲——改編自沈從文《邊城》），像〈小小羊兒要回家〉等，據說亦禁唱過。

五十年代，在學校，孩子說國語，各有各的鄉音，這種奇特感覺，小孩不會引以爲奇，但在世界其他地方的孩子或許不易有如此豐富之民俗經驗。

有些畫面，猶在腦中，煤球爐上一直放著溫的開水壺。有些聲音，像竹籬笆或竹門搖擺伊呀聲。有些動作，像進玄關或進紙門時自然的彎腰、眼珠提起向裏瞧之習慣動作。

台北那時端的是城市山林，人自田埂間跳上一輛20路公車（如「綜合財務處」站，離今安和路不遠）、廿五分鐘抵西門町，可看到尙・嘉班（Jean Gabin 1904~1976）主演的法國片《望鄉》（Pépé le Moko，一九三七年 Julien Duvivier 導演）。

這是很奇特的時代與地方之絕妙結合。能夠在那樣的地方那樣的年代生活過的小孩，眞是很稀罕的經驗，並且眞的會很感彌足珍貴。

再也不可能有那樣的地方裏出現那樣的時代的例子了，即使往上往下推一百年，或求諸世界任一角落。

（刊二〇〇九年十二月二十五日聯合報名人堂）

新式青春之初期湧動——再談六、七十年代

那是一個你一邊唸著「小橋流水人家」感到熟悉之極，卻又看不到絲毫中國古東西的年代及地方，因爲空無，因爲清苦。也於是虛懷若谷，任何的風吹得進來。

六十、七十年代西洋流行音樂固然也有Bob Dylan的民謠，有Rolling Stones, Creedence Clearwater Revival, Led Zeppelin的搖滾這些不乏有個性、甚至有見地的音樂形式，但更充斥在台灣空氣（如唱片店、收音機放出者）中的，是像Ventures、像Burt Bacharach（作有“I'll Never Fall in Love Again”，“What the World Needs Now Is Love”，“This Guy's in Love with You”等），像Ray

Conniff（美聲演唱《齊瓦哥醫生》主題曲）這類頗爲撫人耳膜或挑人心弦的輕佻音樂。

輕佻（注意，不是貶義），是六十年代活力與追求荒誕新怪的最顯象徵。連西方電影也充滿了「派對」電影，如布萊克・愛德華（Blake Edwards）的《狂歡宴》（The Party）及《第凡內早餐》，如費里尼的《八又二分之一》，甚至庫柏力克的《婁麗妲》（Lolita）中的派對場面也拍得極完整、極有興致。而〇〇七影片更是充滿了荒誕新怪。

六十年代是台灣與大陸在中國古舊傳統文化的切斷點。乃台灣的面貌並沒太多中國的明清之廣泛遺留，倒反而是有些西方之初端、粗坯浮湧出來，正好可以接受一套全新的浮躁現代化或實用工業化。如牙膏，而非秦腔。

六十年代又追求富國。李國鼎、汪彝定等人之推動工商建設。也形成考學校崇尚實用科系，而補習班林立。八十年代初台灣在全世界電腦、電子人才之高密度，與昔年扎下的深根極其有關。

六十年代恰好是 baby boomer（戰後出生的孩子）成為少年的時代，故需注意「戰後」所形成的生態——荒疏、貧窮、農村與市鎮混而為一。而外省父母輩原志不伸（戰敗流徙）原業不就，在四十年代末以來，致有許多「打發時間」之從事或娛樂（如看武俠、聽收音機、喝茶、打麻將），也算是困窘年代的尚佳文化，乃時光很悠慢、很充裕、情緒很有耐性。

如今的小孩或許不知道，六十年代的男孩極喜鍛鍊肌肉（拉單槓、伏地挺身、練舉重），或許是戰敗後憂懼衰弱之潛意識。當然那也是瘦削的年代。

正因lean years，牛肉麵顯得昂貴。當年（約一九六九）在杭州南路、仁愛路口的「老張擔擔麵」，一碗紅燒牛筋麵賣到一百元（我們成功中學對面的牛肉湯麵約售六元），而如今也差不多這價錢，可見昔時牛肉麵之貴。

如今的小孩懂打扮，因爲到處有fashion的成熟依據。在六十年代只能自己摸索，歐陽菲菲蹬上馬靴、穿著迷你裙、灑飄著長髮，委實很有風格，然而那是風格的約略；在細度的配件上、在板眼的嚴密上，在質料的高度挑選上，當年並不能精密講求。林青霞剛要開始打扮時，七十年代初，什麼是她的揣摩材料或典範？《吾愛吾師》（To Sir with Love）中的露露（Lulu）嗎？Lulu的迷你裙是很青春氣，她的大而圓的白圈耳環也很跳躍奔動，但她的大眼太歇斯底里，不是台灣那年代心繫貞靜幽嫻的女生所能完全捨身而求的。或許林青霞還必須採擷一些五十年代尤敏、葛蘭的固有整體裝扮形象才可。

但不管怎樣，浮華之光影已出現。

自四十年代之困於戰亂、五十年代之低徊於貧窮空乏之後，人們其實渴盼一個輕浮而又有生氣的新式年代。倘自社會文化史回頭來審視，六十年代委實很不沉厚，然自生活娛樂史來看，它是極富生趣、極可壯養人性精神的一個漂亮、有重要修復意義的年代。

（刊二〇〇〇年三月十二日聯合副刊）

走馬舊書攤

一日，行於路上，見一人向我點頭微笑，隨即交身而過。這人臉孔應似見過，然怎麼也想不起朋友中有此一人。兩天後，偶逛光華舊書攤，選《國語辭典節本》一冊，付錢時，不想老闆竟又是他。頓時記憶飛閃，原本十多年前曾在牯嶺街他店裏打發過不少午後，猶記他說前台大校長錢思亮借車房給他權做店面，那時這老闆不過三十出頭，如今髮莖雜白，眼神卻閃亮依舊。便這眼神，令我記起他來。

老台北的記憶，於我，牯嶺街要算一重鎮。三十多年前，全家由父母領著坐三輪車到幽深巷弄中探訪親戚，便已見過成排舊書攤的壯觀場面。但自己實地漫逛，則始自二十七、八年前初中時。我們班的班長和我二人每個星期六下午必被教務處留下來罰寫一週來未繳之作業，這罰寫措施有點像虛文，我們只費了一個小時，隨自己意思抄滿兩頁英文單字，字還故意寫得大大的，就算罰過了，約下午兩點半，二人頭戴船形帽、肩背書包，已出現在牯嶺街頭。逛看些什麼呢？那時的我，是個看過很多電影、很多漫畫、讀過一些出租店的武俠小說、費蒙、鄒郎小說及極少數言情小說的孩子，原沒有太多可以縱情於牯嶺街之處；教科書又非當時之需，卻也就這麼東翻翻西摸摸的開始了。然一投身書閣之前，也為這琳瑯滿目、書冊與畫紙紛陳的舊物世界所不禁專注起來，兩三個鐘頭過去，雖然一本書也沒想到買，又雖然好像沒看進什麼，卻一點不感乏趣。這種專注，似不在書義，而在於山石上之苔痕呢。

牯嶺街那時，除書外，尚有很多字畫、月曆，臨空懸起，又有日式小几、家具、瓶罐古玩，隨處堆置，成疊的舊唱片，其中不乏七十八轉的日據時代留下的古典音樂，另外尚有裝訂成冊的電影本事、成疊連期的愛國獎券。種種物事，大約總是昔年人們寶愛，隨歲月最終都先後離鄉背井來聚於此。也於是牯嶺街瀰漫那股腐舊、閒逸的情氣。靜沉沉的午後，樹蔭下一張張支開的布棚，舊書及舊玩意毫無條理的散在架上、地上，任逛客站著蹲著，就著光斜起脖子盯著、摸前翻後把玩著，就這麼消其永晝。這刹那，世界他處之要緊，全無干於此一角落。

夏日，午後忽遇雷雨，閃電數下，接著傾盆灑落，來人只好躲棚下，心焦如焚，亦有人掏出紙菸吸著，但見處處棚下皆有一二逛客等雨，而貼鄰兩個老闆安閒下其象棋。俄而雨霽，空氣清涼一洗，5路公車駛過，水聲沙沙脆響，棚外光線淨亮明透，兼綴有此一滴彼一滴滑落自棚簷的水珠，當此時也，人自書堆抬起頭來，恍如在園林書軒，原先迷注於書中所敘著，此刻腦中渾空，是凝在這份情景裏了。

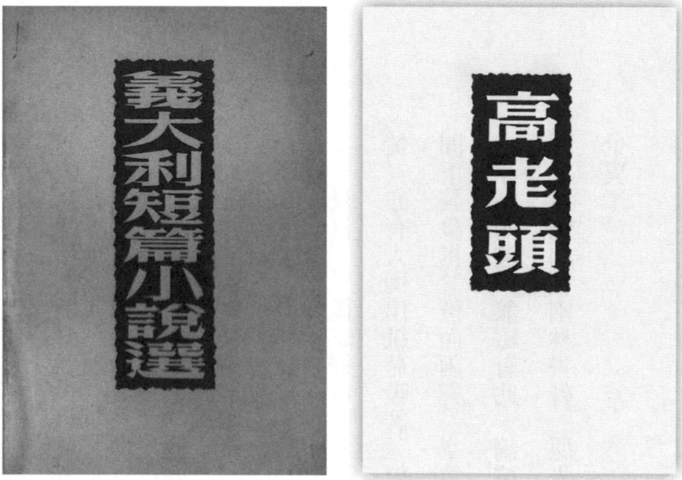

（高老頭 / 巴爾扎克著 / 新興書局 / 1969）
（義大利短篇小說選 / 皮藍得婁等著 / 新興書局 / 1960）

新興書局出的世界名著，白底黑字，直是三十年代的版畫風格，最是鮮明。

我最早所買書中，有一本叫《楊傳廣田徑訓練法》，那書新價極貴，不想在此發現，以買祕笈之心買下。從那書上得知跳遠時在空中腿呈剪式、若踩車輪，未必弱於傳統的挺式（胸先後仰再向前縮）。也買過《因是子靜坐法》，照著習練，打過幾天坐。那時對於「練功」，有一種中國孩子的、老年月的、此生托付式之宿命景仰。還買過一本書，是再早幾年因聽連續廣播劇《怪指紋》而深有感動，居然眞有這樣一書，是翻譯自日文的推理小說，由一家不曾聽過的小店印行，其作者，後來才知是大名鼎鼎的江戶川亂步。

文學書之涉覽，我開始得極晚，約要到十九、二十歲時，並鮮少購買。這點不同於我那當班長的同學，他逛完牯嶺街，回家前，還要再到剛遷至峨嵋街的文星書店去繞一圈才肯罷休。雖如此，那些架上長時寓目的文學書名與出版社名，卻清晰迭閃，像《藍與黑》、《向日葵》、《廢園舊事》、《荻村傳》、《雙雄義死錄》、《尼采柏拉圖蒙田》等，此起彼落；明華書局、重光文藝出版社、華國出版社、高雄大業書店、百成書店、長城出版社等，亦是你來我往，隨處相逢。多年後回想，那時書的部頭大，寬闊書脊上印大字，不由你不認識它。再則舊書攤的擺置是繁類雜陳，並不分門別科，你看到它，是披沙瀝金後看到，印象尤其深也。潘壘、繁露、郭嗣汾、郭良蕙、于吉、孟瑤等，書雖沒看過，名字卻多有目接，向不陌生。此亦舊書攤一特趣文化。

書若以唐詩名句作題，亦予我清晰記憶，《碧海青天夜夜心》（姜貴）、《同是天涯淪落人》（杜若）、《天涯猶有未歸人》（吳癡）、《妾似朝陽又照君》（海明威）。何也，或在你眼受這七字時，心中隱隱有吟誦之韻律。

眼掃書架，是一奇妙感覺，某幾個剎那的視後心念暫留，造成特殊效果；譬之詩人姓葉何其多也，葉泥、葉珊、葉笛、葉維廉。再就是眼韻先飄上徐鍾珮的「鍾」，再一掃，常疊上鍾梅音的「鍾」；而鍾梅音的「音」，往往就恰在左近搭上林海音的「音」。且不說「梅」與「海」在書架上乍看去的那份相似勁呢！

舊書攤雜插亂放，一書多冊，固能造成這視覺效果，然若無走馬者如我，未必能順利竟功。

磚頭書（厚本），頗吃侷窄書肆的架上容量，售價未必摶高。大陸版書即使冊小，實是書商厚利所寄。六十年代中期，台灣開始流行四十開本「口袋型」文庫，先是文星，繼有商務的人人文庫、三民的三民文庫，還有仙人掌、水牛、大江、立志、大林、阿波羅，另還有河馬文庫（林白），霜葉文庫（嘉義明山）等頗多，蔚爲一時風尚。這些口袋書漸流入舊攤後，便在逛者的注目上，添了一些工夫，而非早先那些磚頭書是一眼了然。

（地毯的那一端／曉風著／文星書店／1966）
文星所用書名的字體，最勾勒明銳，最是簡淨好看。

最小的開本，是金字塔出版社所出的一批書，包括王禎和的《嫁妝一牛車》，較四十開還要短上幾公分，這家出版社大約沒能維持幾年，曾見成堆新書在舊攤放著，賣得極便宜。

存在主義瀰漫台灣時，正值口袋型開本大行其道，也於是大多數存在書籍皆成口袋，學子們愛其價廉，又兼質小易握，毋寧暗合「存在先於本質」之義。

有不短的時日，舊書攤扮演著「三十年代文學」堂奧絕本之最後藏寶地這一角色，而於文學深愛不移之青少年更助長此一神話。高中時一同學購有巴金著《奴隸的心》一小冊，我借讀後，甚甚不能體會其中佳處，加以原本心思未及文學，直到高中畢業也沒買過什麼索價頗高的「大陸版」文學書。所謂的三十年代作家，無外乎朱自清、徐志摩、許地山、夏丏尊、謝六逸，王世穎、孫福熙、林語堂等人的數篇被編選的散文罷了，那些名列禁書牆內諸家，也就不特去窺了。

（僵局／七等生著／林白出版社／1969）
《僵局》的封面設計，是黑白照片套藍色調，畫面中一男一女低頭不語，堪稱是當時最富現代主義兼存在主義情調的好設計。更別說七等生鬼魅般行文之獨絕迷人筆力。

說到禁書，記憶起一怪現狀來。六十年代中期以來，無數次耳旁聽有書客向老闆探詢「請問有沒有某某書？」這些書，先有郭良蕙的《心鎖》，繼有李敖的書、柏楊的書。原來這三者皆爲禁書。這些書我也曾在架上見過，取下略翻，仍放回架上。

這些詢者，有一通性，多半是「不逛之人」。只問，聽說沒有，便走了。

有一本書，新書店不曾見，牯嶺街隨處多有，據此推想，應也是一禁書，曰《厚黑學》。作者李宗吾，不知何許人也，然此書絕對稱得上當年的地下暢銷書。無數次走馬及之，至今仍沒讀過。

人的興趣不免造成人的視界。小時，鄰居自巷口租書店看得華嚴所著小說，頗有稱許。華嚴之名，早已記住，印象毋寧亦是好的。及至幾年後在書肆架上見到書名，曰《智慧的燈》、曰《生命的樂章》，以這「智慧」、「樂章」、「燈」之類構字，奇怪，予當年我這這理平頭、穿卡其服孩子，便有一種說不出的隔閡，便如是一種自五十年代以來台灣隨處浮泛的文明腔。大抵如此，有極多這類文學書始終不得讀成。

有一書，是南部大東書局出的《古都春夢》，不署作者名，封面卻是電影劇照，一見之下，知道是年前看過的兩部香港電影（邵氏的《故都春夢》及電懋的《京華春夢》）所敘故事。因對這二部片子興味很濃，便買了看。一看竟十分喜歡。多年後，方知此書便是張恨水的《啼笑因緣》。若不是電影之故，這作者名及這書名，未必會受我注意。七十年代末，河洛影印出版《啼笑因緣》，作者眞名也署上，我又買這版本，才知大東版的書中人名是改過的，同音但不同字形。河洛出過不少我喜歡的武俠小說，並且印刷也不俗（封面不談），標點打在字的右下方，尤合我脾好。其中有一套還珠樓主的《雲海爭奇記》，其前段我早看過，亦購自舊書攤，書名卻叫做《漁村俠隱記》，署名不肖生，出版社名似沒印上，字體厚重，一看就知是影印的。

相同字體、相同開本的還珠另外著作，我也買過，是大陸早年正氣書局出版的「還珠自署」的散冊《蜀山劍俠》、《青城十九俠》等書，封面是白底紅字，煞是好看。八十年代初，住市郊花園新城時，一鄰居博覽武俠，深悉還珠小說，我那些零散殘籍，索性讓他借去。

昔年不少翻印的武俠小說，都託「毛聊生」為作者名，亦買過三數部。也買過署名「王度」、實爲王度廬的書一二種。其他不著名氏、小字影印的各類武俠多得不可勝數。還有一書，眞是平江不肖生（向愷然）著、世界書局版的《足本俠義英雄傳》，敘霍元甲事蹟，以大刀王五開端。七十年代中我在舊攤購得上冊，是民國四十六年台版，繼至世界本店欲買下冊，竟然沒有。想是禁了。

三年前偶逛重慶南路，在世界架上赫然有此書，並還有向氏另一名著《江湖義俠傳》（曾被拍成電影《火燒紅蓮寺》），原來開了禁。也虧世界老字號，老庫房裏還老藏著老典籍，熬過禁忌老年頭，終於又見天日。

（繡帶銀鏢／王度廬著／上海勵力出版社／四十年代末）

這武俠書蒐尋一例，多年後想來，實不是專好此道，也沒讀下多少，也還是爲了尋寶之樂。這也是我文學因緣中前半的腳不落實地的一段生活。

同儕中也多有逛遊牯嶺街者，每人所趨，又各不一。某次陪一友在南昌街打彈子，兩三小時後，他贏了千把元，急急拉我離開，問何往，他竟答「牯嶺街」。我萬萬料不到他也是此中人。原來他日前早看好一把古吉他，今日有錢，急去買下。那時費他三數百元，幾年後，他又因手頭催緊，讓出此琴給另一行家，得價六千元。

又有一友，於字畫古玩嘗有興趣，雖只是高中孩子，某次在逛看當口，見有少年攜來幾件卷軸，匆匆售與店老闆，得錢極微。自此激發他生意腦筋。那時每隔一陣，他會先在一店挑得一二漏於店家法眼外之物，售至另一家，而得高價。

探寶者如他，奔赴之地便不只牯嶺街；中華路、萬華、杭州南路及另三兩個破爛堆，也都去到。像我只求打發時光、消散腳力，牯嶺街一處足矣。然也找到過一兩樣小寶。有幾本「電影小書」，大小不超過明信片，厚不過百頁，是連環劇照的電影故事，四十年代出的，有《火葬》（又名《小丈夫》）、《風雪夜歸人》等好幾套，當時翻得，驚喜莫名，盡數買下。這些書封面以油皮紙（含瀝青）做上護包，想是當年在租書舖待過（未必是台灣，上海或香港亦有可能）。書中畫面雖是照相，還用筆描過。這畫面若自電影片格採下，亦無不可能。

眞正有價値的書，據說是日文書，我不通日文，從沒注意。有朋友告知，曾有日籍學者謂，牯嶺街曾豐蘊大正時代之出版物，有不少是日本本地亦不易蒐羅者。

牯嶺街不同於北京琉璃廠、倫敦舊書店，至少有一點是因爲它先天上有兩國的出版物。有時回想，牯嶺街的長牆、日式房巷、樹影及陰暗店肆，再想從前那些店招名字，什麼慶音、松林、珍藝、妙章、藝林、竹林、千秋等，不也很富和風？

眞要究起來，我在牯嶺街，何嘗買過什麼好書？多年一晃，不過是玩罷了。買好書、看好書，大抵靠人的專攻、人的眼光。我茫蕩蕩地閒玩，根本還沒入門。像曾買過姜貴在庚子秋（民四十九）以其「春雨樓」（台南東門路）自印的《懷袖書》（取古詩十九首「置書懷袖中，三歲字不滅」意）《旋風》評論集一本，雖知是只印五百冊，有點像國外的「限量」、「罕本」，實亦不敢稱珍也。

也只能究究玩趣。十八、九年前，以二十元購得開明書店三十八年第三版的沈從文著《阿金》，內收短篇六則，各以兩字爲題：習題、三三、柏子、丈夫、夫婦、阿金。讀後深愛，價格廉極皆不在話下，有趣者，乃在隔壁店門首，平放一書，通常逛者一進新店常習慣拾起面前第一本書便翻，我亦不時如此，書一掀開，〈阿金〉一文，赫然入目，讀之，亦頗清新感人，原來是作者以小品筆墨敘其家中長年女傭一生故事。查看此書，曰《津津小品》、作者爲楊乃藩，當時不曾知悉。這「阿金」巧合，還不足奇，楊書中，另有一篇與沈書中恰巧同名，也曰「三三」。這三三是小女孩，六十年代逃離鐵幕，曾將幕內經歷口述，由其姐包柏漪記寫成英文書《第八個月亮》。

這類巧趣，往往倍增記憶。另《津津小品》有一特色，其裝訂，不用釘子，亦不穿線，又非美國平裝書於脊背軋上一膠，這在當時各書，從沒見過。又其開本比之三十二開窄些，比四十開又略長寬些，亦是一怪，不得思解。

書的封面、字體，也是各人有其特有彆扭。舊書攤多素樸、黃舊書面，甚得我這種不眞讀書只看熱鬧之人的深心。「開明」樸素一逕，「世界」有「戰時」、「物力維艱」之寒傖塵漬之感。自印書籍，不乏雖樸素卻出色者，孫養儂《談余叔岩》小冊，落落大方。杜若《同是天涯淪落人》，白底紅字，只錄作者及書名，不著其他字，簡淨明雅。惟一缺憾是封面沾一層亮光PVC。龔德柏《戲劇與歷史》，綠黃封面上幾個毛筆字，一望即是老人的書，內文全以小楷手抄，亦舊攤絕佳的撐持書架良物。台製廠印行、翟國瑾譯自英國 Paul Rotha 的《怎樣製作紀錄片》，薄薄六十多頁，嵌入架上看不到，平放莊嚴自立。大凡公家出版物皆能做到不故做突兀一點。

另就是，喜歡上翻印的書，像紀德的《剛果紀行》（萬年青）、《地糧》、《田園交響曲》、《背德者》（大業）所用的鉛印字模是大陸當年的粗沉線條，不知怎的，很感好看。

七十年代，遠景一出，五彩封面及恣意設計開領風騷，接著爾雅、九歌、洪範等花色圖面跟進，整個書肆已然眼花撩亂矣。

十多年前，牯嶺街書攤被遷至光華橋下，從此台北的舊書文化，算是換成另一紀元。那些沉靜長牆後的住戶，有不少很感念書攤之設令多年來小偷之行鮮有發

（鋼筆字帖／王植波著／光明出版社／1972）

王植波算是南渡文人，在香港供職電影公司。或因書法頗好，被人找來出此鋼筆字帖，亦當年一美事也。

生，拆遷之初，頗擔憂門牆自此少人把守。如今的牯嶺街，舊書店仍有幾家，街頭景象仍稱清幽，只是整條街的予人印象大約舊書業反不如紙紮店來得鮮明矣。

近年來新書店如金石堂、時報廣場等開創亦好幾年，據說經營得極有條理，然我竊想，在那裏大概買不到《大戲考》、買不到各地同鄉會自印的方志、買不到古亭書屋的影印舊籍。買不到于海洲的《發財學》、買不到太極拳研究會出的拳理、買不到警察大辭典、買不到張次溪李家瑞齊如山的書、買不到雖是翻印仍舊線裝的木刻字體《玉房祕訣》，甚至連張起鈞的《烹調原理》都未必可以買到。

如今，已漸無舊書「攤」，只有舊書「疊」了。店小，攤不開，只能一落落疊起。大約再過不久，書也無法「舊」了；舊典古籍早已賣完榨光了，再收不進了。將來的舊書，可能只是五年八年老的用過之書及一些雜誌、教科書罷了。眞正的古舊典籍或會被新型書店的「罕書部」（rare books）所蒐購去，再高價待沽。要不就是早被私人圖書館或財團法人基金會蒐去成爲專門典藏。不出十年，光華商場應可成爲折價新書、春宮書、漫畫、有聲出版物、有像出版物、電玩軟件等供尋常階層消費之集中場。那時，若還能有一、兩家眞具模樣的舊書店，勢必也會開在某一獨立的地點，既不在牯嶺街，也不與汀州路那兩家、信義路國際學舍那兩家相搭，例如開在師大附近，開在台大附近，或索性再打回重慶南路與三民、商務爲鄰，更甚至開在四十年來一逕極富潛力卻從來沒有書店的永康街。

去國返國，十年來居無定所，大多書冊不在身畔，近日逛光華商場，又開始再買原有之書，《國語辭典節本》便屬此例。

許多舊書之所以被我選上，或許不僅僅是爲了那本作品本身，是爲了那個時代。或說，爲了那個距離。尤其如今已是九十年代，見六十年代、五十年代之書，又比十幾二十年前見時顯得更遠更朦朧更感到某種親切。往往某個書名或某種主題或某樣設計，便已興動想將之取下架子之心。時間，是很美妙的東西，而逛看舊年代的出版物，是一種很醉人的追探時光之過程。

讀書人，事實上，多在書房或圖書館；遊蕩者如我，才在書肆。又買書者，進店買書便是，新店舊店皆進；惟翻覽者如我，才徜徉不捨，並且選上舊書攤。

何也？乃惟有舊書攤得有新書店、圖書館、自家書房所沒有的那份老日子民間游藝之至樂也。

（刊一九九二年三月三日、四日中國時報人間副刊）

武俠小說的寫法

近代武俠小說這一形式，不知在何人手裏發明定型？衆人心中認定的標準版本，不知哪一本書可以稱得上？

至少「山上習藝」情節是要的。「古洞療傷」亦是美的，又且十分武俠。「千里尋親」、「萬里尋仇」、「循圖索寶」等常是故事的經線，「客棧遇敵」、「舟中逢故」等則是經線中必要的頓點。

「幾大門派」如華山派、青城派、恆山派、崆峒派、崑崙派……之創設，頗稱機巧，不知出自何人。尤以丐幫之編入最令我們小孩子叫絕。丐幫弟子又以身上所負袋子多少來表示身分高低，這編設簡直妙極了。

「武林盟主」之設，就不見得很理想。沒有一本書將這節弄得安妥像樣的。這一任的盟主，如何交棒給下一任？是被推翻的嗎？抑是不經過鬥爭而轉移？這種種，幾乎太難說得通。倘若武林盟主是武林諸多門派、諸多高手中公認武功最高（或權勢最大、能耐最巨）者，然後大夥共同推舉，這豈不有點要造反的意味，乃現實中的帝王焉能容許？

書中人物，最好全是布衣，最好全在風塵江湖；亦即凡出現官府裝扮或「披袍秉笏」場面，馬上令當年我們這些小孩子受不了。爲什麼？不甚知道。就像六十年代凡聽到國樂或看到國畫中的「漢宮春曉」題材便有一種受不了。

難道說，我人心中的武俠小說，就只能是「在野」景意，毫不能攜帶「在朝」形狀？

後來我隱隱想通了，原來我和我的同輩之所以不喜官衙場景，乃因它與武俠小說先天上原該多涵的村野酒旗、竹籬茅舍等所謂「江湖」意境太也不合矣。這也就像凡有背負布袋的丐幫情事，則立然受我們眼睛一亮、精神抖擻。

書中時代的問題。看來必在宋元明清之中。但若不明講，卻又言之成理，並且只知是「古代」，看來最理想。倘眞要據實於宋朝或清朝，「披袍秉笏」意象不免隱隱欲出。

在野與在古，是大夥不約而同期之於武俠小說之事。且看寫書者之所起名，伴霞樓主、武陵樵子、南湘野叟等，絕無車馬喧騰的京朝氣象。再看書中的地名，什麼武功山、武當山、仙霞嶺、幕阜山、點蒼山、崆峒山、伏牛山、終南山、大別山等，我們小時讀來，會以爲中國的山嶽是爲武林人物起的。至少這些美不勝收飄逸之極名字的山嶽，絕對是武功高強之人最佳的棲息地，凡俗之人如何能攀？這一些我們尚懵懂於中國史地之前便已不時寓目的地名，令我們寄遙遠的憧憬。憧憬其氣氛；仙道的氣氛、俠客的氣氛，而不是在乎它地土的沃瘠與物產的富缺。

此類山名不自禁令人生武功遠高之聯想，亦中國之優勢也。美國的山名似不易取作武書中深山練功場景也。

再說武俠小說中的優生學潛意識。上一代武功卓絕，下一代較易練成高藝。金庸小說之例多不甚舉。潘光旦的《中國伶人之血緣研究》亦能舉出。楊小樓之絕藝（遺傳自楊月樓），余叔岩（遺傳自余三勝）之絕藝皆是。並且隔代遺傳（祖父傳給孫子）亦顯。最著者爲譚鑫培之子譚小培，藝不如何，然小培子譚富英則較出色。

事實上，練武確實關乎體質，即所謂根骨云云，君不見小說中老怪好不容易找到一個年輕小子，東端詳西端詳，眞想收他爲徒，這是何者？天生一副練武好材料也。而好的體質確實會往下遺傳，許多門派的往下延續也在於他所流有的好血統。

何人寫武俠？武俠小說有強烈的歷史意識（即使不點明何朝何代）與風土地域意識（即使不點明是何省何縣、北方南方），故寫書者往往先天上比較貼近此種情態。八十年代初，我在台北曾採訪問過好一些武俠作家，他們有人聊到，謂幾乎全是外省人。像秦紅這樣的本省作家，可說是極特殊之例子。

又武俠寫作最好有一些國故的底子。書畫名家江兆申早年猶未任職故宮博物院前，曾任教職，課餘也寫武俠小說，算是補貼家用。他能擅此，主要他胸中詩書飽滿，文筆不凡。

何人看武俠？這亦是很楚河漢界之問題。六、七十年代時的青年，可以觀其氣質而猜測此人看或不看武俠。而今日在機場候機室見中壯年人亦可猜他是否帶有武俠小說登機。有些臉不由你不猜他看武俠小說！雖然不一定對。

武俠小說的主旨究是何者？是否有一兩句話可以道出。將近三十年前，曾訪問諸葛青雲，他將武俠小說之旨寫成一副對句，謂「英雄肝膽，兒女情長」。

武俠寫作，亦能透露出作者的性格。王度廬的《燕市俠伶》幾乎可稱爲武俠版的《駱駝祥子》，乃王氏之性格，亦微有一絲老舍式之悲愴。

設境於古代，爲求距離感也。人物多選僧道，以與尋常市井區隔也。

便因有那些武當山的絕壁、少林寺的藏經樓、客棧的紙窗、山洞中的機關

（燕市俠伶／王度廬著／上海勵力出版社／四十年代末）

王度盧的武俠，往往呈現北方尋常漢子討生活之不易，可說最不似武林人物高來高去的那種夢幻武俠。

門、門內的古棺或地上坐化的白骨、棺中的祕笈或壁上的圖形，武俠人物便可高來高去、飛簷走壁，倒掛金鉤、濕指破窗、洞中造化、參壁練功。

太多的武俠小說寫得荒誕不經，卻總有極多讀者，何也？乃讀者只求在一古意古趣之環境中自我徜徉，無視於小說情節之合情合理合美否。

爲求自我徜徉，則任何一本武俠皆取來埋首。看完再找另外一套。問他何人所寫，及寫些什麼，往往不能答出。也無意追索。

這是極爲有趣事例。

它如同只提供一些媒介物，如少林寺、客棧、判官筆、小樹林子、道途、武功祕笈、大山大河、幽谷洞穴，而讀者自己便能浸淫編織似的。

乃多半的武俠小說第三回與第八回牛頭對不上馬嘴，而結尾時太多先前鋪設之事壓根不收拾了。

讀的人與寫的人共同有一奇妙的默契。非得經過讀者之「自我徜徉」，此書似乎尚未創作完成。

故而武俠小說最後留存下來的，皆不是它放諸四海皆行的故事梗概，而是它的「古意」、「武趣」。先說古意、武趣。譬以當年升學壓力大，學子受壓於六藝兼學，最能體會「練功」二字之概念。如今我的同儕皆步入中年，有時某些早年受習的藝業項目，往往再拿出來操使玩賞，如書法、籃球、吉他、打拳、登山、自行車等，有時候順口比喻昔日受習的藝業今日猶得熟稔，則笑贊「功夫沒有擱下」這類小說聲口。至若今日媒體常用的「廢其武功」來喻將政治人權力擱置或轉移，此等例子也不乏。

故事梗概，何其有趣之事，然於武俠小說求之則頗尷尬。倘將許多長篇武俠小說寫成情節大要，應有可能比原著更為有趣。

以我為例，亦不是每本書皆能讀完。甚至為了保障此書多往下讀些，常只能取決於書的開頭。有的先引一首詩。這是古法，習於章回小說者很能傾愛這種正文前先有飾句，一如村莊前先有大樹、或社區前先有牌樓，陵墓前先有翁仲、華表等等之義。

往往首頁幾十個字，便決定了人的想讀與否。至少我是如此。

四十年前（如今已久沒看武俠），我在租書店翻閱過古龍書的開頭不下數十次，卻從來沒決定選定一本來讀，致使至今沒讀過古龍小說，豈不惜哉，說來慚愧。其原因，或就在於它的開頭令我覺得不夠古味。

不肖生《江湖奇俠傳》開頭便道：「從長沙小吳門出城，向東走去，一過了苦竹坳，便遠遠地望見一座高山，直聳雲表……」，還珠樓主《北海屠龍記》開頭道：「離徽州北門二十餘里，過了二十里鋪，再往西折……山則黃山白嶽，矗然入雲；水則績臨二溪，一葦可航……」這兩書皆因開頭吸引我而展書，然皆沒讀完。更別說太多書因開頭之毫無古趣或文字鄙陋，當下便放棄了。

（刊二〇〇〇年四月六日中國時報人間副刊）

高陽——奇人奇書

漂蕩美國多年，一州州驅車穿梭，時時借宿友人家；不少華人家庭寥寥幾十冊藏書架上，竟然皆有三幾冊高陽小說。旅程中每晚躺臥不同陌生床舖，未必立即成眠，隨手取架上書以求引入睡鄉，往往發現高陽小說必是書脊處皺摺最多者。這些家庭，電腦工程師有之，經營餐館者有之，日日雀戰做寓公者亦有之，惟研讀史學潛心文化之士則無。

高陽歷史說部膾炙人口久矣，在美所見之例，僅一斑耳。我所讀雖片斷幾部，於其人實早多欽服嚮往。卻一逕不曾涉讀過他的傳記，又由衷想探知他藝業成形之一二。

只知三十多年前，高陽評過姜貴的《旋風》，洋洋五萬字，爲當年所有評《旋》書中最長者。或可揣想高陽一心不贊同共產思想，並且他於文藝之事素有使下深心。而民國四十幾年時他根本就寫了幾部所謂的文藝小說，未臻卓著。

高陽成其一家言，成其當代海內大作手之奇之特絕，或有如下：以一杭州世家子弟，二十出頭，倏忽托身空軍又隻身隨軍來到台灣；其始也，何曾欲造就自我成一史家？然高陽之本命終不自禁寄之於史、托之以文；自壯年起，神鋒開豁，一發不可阻禦，沉潛古籍，凡觸必通，過目會心，感悟良多。中年以後，成書不歇，發射想像，遊刃於古今，旁徵博引，無往不能通抵。此等異才，數百年來亦不得一。

我嘗想，這份功業之路數，莫非繫於一種全然閉鎖之潛心？

自清至明，返溯漢唐，再至民國人物，竟至無人能遁形於他掌外，無事能逃他眼耳。然察其所著書，可想高陽並不親身履行實地勘察；詢之友人，知高陽案前並不廣置參考書籍；下筆依然如數家珍，卻不以珍視之，平常心耳。

渾然雄秀筆力，平常手法耳。須知民國四十、五十、六十年代，多少文人皆好記述掌故瑣聞於文史雜誌，高陽概不如此。他何嘗不嫻於此道，卻仍只是綿密寫於小說中，不特當一回事也。

全然閉鎖之潛心，何也？中國故舊方子也。寓目悟心，一役盡收也。非學術家所習稱「隨時註腳，事事依據」那一套系統云云。

全然閉鎖之潛心，何也？僧也道也。世界之大，除此之外，尚有何耶？此高陽之名山巨業所是也。

（刊一九九二年五月三十日中國時報人間副刊）

攝影家張照堂二三事

平日不注意新聞的我，前兩年偶然側面得知張照堂獲頒國家文藝獎，心想總算實至名歸。當時偶有念頭閃過：是否該寫點什麼，譬似他的藝術、他的觀察周遭之方式。然一懶散，隨即一晃又過了。

張照堂早我一個世代，算是六十年代開啓步子的藝術家。六十年代台灣，是廿世紀後半個五十年中最珍貴的一段歲月。一來戰爭結束了十幾年，全世界皆期待欣欣向榮，台灣一來追求富裕，世面仍充滿農村與城鎮交織下的安靜與枯澀，這最利於文藝心靈的企求與需索。故而這時期的西洋哲學翻譯、軍中作家的記憶裏內地家鄉題材、抽象畫家之自由揮灑、新詩之寫作，皆頗有奔騰鳴響。

張照堂算是畫面的藝術家。而他的畫面之取得，即使不在他按快門時，他平時的眼瞼之快速閃動，已然每每在心中取景矣。他讀新詩亦如是，能三兩眼便抓住令他深有感覺的意象。此種快速眼瞼收攝之天分，牽引他寫短短札記也寫得很好。

所謂六十年代，西方藝術能進入台灣人心目是何者？我一時之間未必能周備答出。再一想，或許《希臘左巴》可算。至少對張照堂或可以。乃在於這是一部意象很強烈的作品：戴著頭巾穿黑衣的希臘女人，石牆的房子，蜿蜒的鄉路，還有 Mikis Therodorakis（1925~）的錚錚扣人心弦電影配樂。這些皆是教台灣人一新耳目的遠方意象，我們在澎湖或雲彰海堤也盼偶能遇之。

我與張照堂結識於七十年代初，當時我只是廿出頭學生。整個七十年代，見識過他好些展覽，包括他與另外共十人在美新處的聯展，與一九七四年的「告別展」。更多次旁觀過他在路上的隨機攝影。印象中他不大攜帶各種鏡頭，多半是一個鏡頭（28鏡頭，微廣角）一直用下去。

攝影這工作，毋寧是極爲適合他的。一按下去，是這張或不是這張，立決矣。張照堂的人生態度概亦如此。他盡量不令自己去構築那種類似「長篇小說式」的業作工程。他傾向於當下做成眼前即可顯呈結果的藝作。故他不會要拍高山植物，便矢志這五年皆拍高山植物。或許他隱隱察知人生倉促，不宜好高鶩遠。赴外攝影，不過度流連忘返。生活享受亦十分簡潔。至少在吃上面絕對如此。拍照或採訪的途中，若有一碗乾麵，與餛飩湯，吃來往往笑容完足、欣喜莫名。稍後倘有地方人士宴請桌餚，他反而吃來辛苦。

或許不是太多人知曉，他是台灣聽搖滾樂的先鋒人物。七十年代他任職中視攝影記者，偶在赴美採訪時，即短短空檔亦不忘逛逛唱片店。像近年廣受人知的

Leonard Cohen，台灣最早買他唱片的人，我懷疑是張照堂。多人知 Bob Dylan，然與 Dylan 在紐約初露頭角深有關係的 Dave Van Ronk，那時只有張照堂買他唱片。他也買法國歌手 Georges Moustaki，希臘裔，寫與唱過無數好歌，Joan Baez 常在社會運動式的場合中唱的一首 "Here's to You"，法文的原版便是他所唱。另外像 John Prine、Jesse Winchester、Tom Waits 等，我第一次聽到，都在張照堂家裏。

也因此，《音樂與音響》的張繼高遂請他寫搖滾文章。

不只張繼高，欣賞張照堂的人太多太多。張照堂不多言辭，常安靜站在那廂觀察，眼睛流閃一襲予人親切的笑光。這些的後面，來自他對藝術的浪漫與自信。

他亦欣賞有才之人。他閒聊中談的最多的才氣縱橫之士，是黃華成。他掩不住對黃華成多之又多的創作點子的殷殷賞識，譬似黃華成想拍一種短片，講早年的人上大號的趣味，例如鄉間不用手紙，用一片竹片……又黃華成對小說的見解、對設計的大膽嘗試等，張照堂不時會聊及。至若像李天祿如此有風格又有趣的藝術家，早在七十年代張照堂就注意到了。同樣的，陳達、洪通、朱銘，他在極早時段便近距離觀察過他們，並留下極珍貴的攝影。

（刊二〇一三年六月二十五日聯合報名人堂）

奇境只在咫尺，惟賞玩可得之

觀古人山水畫，每喜見崇山峻嶺之中，稍得清曠處，一小屋，屋前隙地，微有人影，多半高士一，小童一；高士枯坐，小童俯首茶鐺鑪竈間。眼光繼續尋覓，則屋旁不遠，有溪流，上擱短橋。橋上偶有人，即有亦僅一，或負樵或騎驢，斷不至多。如此構圖，乃表達人之楔嵌深邃山野最宜最美之境也。

倘爲風雨之日，樹頭低壓，橋上樵夫彎身急行。若值大雪，則遠山皚皚，而橋上蹇驢提蹄不前如凝，防冰滑也。

無論風雪，無論平日，總之，此山水畫者，即尋丈巨幅，千巖萬壑，遠瀑近泉，蒼莽極矣。而人，永遠就那麼一兩個；屋，永遠就那麼一小蓬；橋，永遠就那麼一薄板；何以如此？為了以最微乎其微之人、微乎其微之物演出於宇宙之舞台，以之搭和無窮之自然也。

又此種山水畫，唐宋元明，何止千紙萬葉，所繪不外是層巒疊嶂、曲水長林，建物則亭橋茅舍，人物必漁樵耕讀，何千篇一律之泥也。構圖如此，固涉個人藝事有高下之別，然於迷人題旨之深愛不捨則千年一也。

此題旨何？便是吾人於深山茂林、幽幽造化之無止盡嚮往也。

觀山水畫如此，永不令人厭倦，細審其中山徑人跡、水源村墟，心神為之引領，靈台清空，一塵不染，廓然有世外之想，不啻古人所謂煙雲供養矣。

然此畫圖中之境，恆在峻山峭谷，人究竟如何去得？難矣哉。即便去到，亦不免想：可得在那間小小草屋歇一會兒腳？此小屋者，見之於畫上，門牆固有，卻恆不見屋內景狀、何器何物；益發引人一窺之興。

只好以古畫中平地屋舍求索之，君不見唐六如、文待詔、祁彪佳等名家原本多有寫及。

幸有此等畫作，不啻將深山茅屋特寫放大，屋內椅凳几案，歷歷布陳；爐上茶、窗前花、壁間太湖石，盡收了吾人眼底，直教吾人做了屋內賓客，坐臥其間矣。

奇境只在咫尺，惟賞玩可得之

近十來年，我與三二佳友亦常思於佳山勝水之旁覓一園地，構築草堂，春晨秋夕，徜徉其中。歷覽名山大川、小村僻鄉不知凡幾，然終無成。實踐之難也。

無怪乎極多之人僅得於城市高樓家中刨木斬竹闢一書齋雅室以求差幾近之而已。

而此摩天樓上雅室，自低處車水馬龍路面望之，亦只見小窗昏晦，隱約似閉，一如古畫千山萬樹中點景草屋，無由窺屋內景態、何器何物，亦引人無限遐思。

便此一節，正現代城市人最可自行發創之舞台。既無人見過眞戲，無人讀過劇本，你欲如何搬演皆成。要者不過古時文士歸結之所謂徑欲仄、橋欲小、牆欲矮、階欲平、石欲怪、山欲出雲……等等那一套也，主要在於如何與大塊相唱和罷了。此便是藝術之生活也，亦闇合老子「人法地天，道法自然」之眞諦。

至若人居簷下，恆處斗室，亦是一派別式山水；君豈不見，光欲微昏，窗欲有格，壁欲毛黃，榻欲其高不過若干，奇石之立不可過於危殆，花器不宜過妍，屏風不宜過分開展，案上小物不可過雜，既有筆硯，則筆山筆筒或在案上不遠處，此時切不可再置他物，如摺扇拂塵鼻煙壺香爐茶碗等宛如一古董攤子。更忌案上擱二顆鐵球，文靜氣頓然擾壞矣。

室內既各物宜得其所，又必宜得其數，則可知榻再怎麼亦不可多於一件；古琴亦只一，畫桌一，禪椅一；循此，則凳不過二三，若再添一二，必不可同式；曉于此，則客人之數亦自然受限；且看文家常謂之「良朋二三」，可知二三之人最是恰好搭配如此清齋雅室之理想數也。

奇境只在咫尺，惟賞玩可得之

而室中清坐，烹茶談心，各客取用身前杯盞，撫看手邊文卷器物，時立時坐，物換器移，大抵只在數武方寸之間，而竹雕木刻石鑿土塑諸多形器無不悉備；此何嘗不是人遊移於山樹紛紜之宇宙，一如畫中情景？當此時也，人埋首良久，凝神審物，燭暈漸弱，辰光向晚，但有一聲輕輕賞嘆讚咏，宛然一幅年邁騷人墨士「家家酒」。

游藝若此，亦如於斗室中踏雪尋梅，與千里跋涉於大畫中深山林壑無異也。

古人將萬物賦形，因狀制宜，實源自窮澹山家於身旁林野之採擷，亦原本耕樵之人看眺宇宙之眼界。今人於文房中撫筆筒如遇山中樹癭、賞硯台如探石洞紋理、拄藤杖如窺幽谷老蔓，實隱隱然與外間深邃難抵處相倚相偎相對談心也。亦是不教自然須臾遠離也。

有謂雕蟲小道壯夫不爲。此小道者，奧義存焉，請言其詳。若非形之怪巧、雕之精絕、質之纖密、色之迷目，人何能醉心凝神至不得自拔，一如投身大山巨水間竟自拋忘了我身？散於屋內諸多文玩，此一彼二，隨手取來，指膚間撫猜紋刻，繼而審其光澤，嗅其木香，特陶情養心滌慮遠俗最妙之物，亦醫壽延齡之無上妙劑，人能得此，眞無量福緣也。噫，天地萬象，皆勞造化一番佈置，何處不是造物者斧痕？人固渺小，焉得不能隨時隨處取一角而消受乎？

（刊二〇一二年三月廿一日「時代周報」）

奇境只在咫尺，惟賞玩可得之

一條觀看台北的最佳公車路線——235路

看台北，最好的，是步行。但不可能每個地方都步行。再就是搭計程車；我常先至外地賓客下榻的旅店接了他們，坐上一輛計程車，先去圓山飯店，囑司機停五分鐘，領賓客進大廳參觀、攝影，再登二樓看牆上老照片以稍悉圓山飯店歷史。再上車，沿中山北路向南行，左右指指點點，何處是大同公司，何處是國賓大飯店，何處是台北光點。到了東門，右轉凱達格蘭大道，看總統府。右行重慶南路，謂這是昔年書店一條街。右轉襄陽路，看土地銀行，也看博物館，與二二八公園，再看台大醫院。

將台北的城市中心在車上看過一眼，再驅車至他們約好的定點，如吃飯或購物，往往車資不過三百多元，我會說，這是很便捷有效的計程車式觀光。

另外，亦可搭公車。最好的一條路線，是235路。

235，東起國父紀念館，西至新莊。但觀光，則只需向西坐到西門市場（成都路），無需跨越淡水河。

235爲什麼最好？因它最具代表性。它包含東區，包含一部分南區（南昌街），再加上博愛特區（總統府）與西門町。這幾個區塊大約已是台北市最重要，也最應該受外人快速初窺的模樣。

帶外人由西看到東，看官可曾想過，選哪條路來走？忠孝東路太繁榮，信義路修捷運，近十年，路挖得幾乎走不通。仁愛路椰樹成蔭，不錯，然而是單行道。和平東路仍是最宜之路，並且文化最深厚。

235路走的，便是和平東路。讓我們自捷運古亭站起始，向東走一遭。電力公司那幢木造樓，六十年代圍繞著它的零星牛肉麵攤子，成爲當時老饕聞香的幽巷分布。更甭提師大牆邊（如今開成了師大路）的牛肉麵一家接一家的攤子群了。再就是師大。除了校園古樹，附近裱畫店、文具店頗多。橫巷如麗水街、潮州街等，日本房子仍保持一些。

再向東，「溫州街口」站，近處有青田街、泰順街，當然也有溫州街，皆是散步的好街巷。

過了新生南路，則有「大安森林公園」站。新生南路，是昔年的瑠公圳，五十年代，河旁建了不少教堂；聖家堂、衛理堂、眞理堂、懷恩堂。回教亦有清眞寺。

向東，龍門國中站與國北教大實小站。後者是老校，原有相當漂亮的日據時校舍。跨過復興南路，有「國北教大」站，亦是老校。下一站「臥龍街」，這街是清朝時通往六張犁山坡邊的一條古道（乃附近皆是沼澤、水田、土岡等不通人行之荒野）。

向東過了敦化南路不久，便要向北進入安和路。安和路開始，便稍微有一點「東區」之風情。所謂東區，是這卅年才成形的台北新地塊，相對於早即商業化卻逐漸老舊的西區而言。

安和路上，有遠企、立人小學、文昌街口等小地標。過了信義路、仁愛路，則更是東區的中心了。這時左面的誠品書店已進入眼簾。在敦化南路右轉，再右轉進忠孝東路，這是東區最熱鬧的街道，大樓的招牌顯示出不少整容的診所。過了阿波羅大廈、觀光局二站，其間有橫街兩條，一稱二一六巷，一稱延吉街，皆可將來下車逛逛。

接著右轉光復南路，便是國父紀念館站。原車繼續開，走一小段仁愛路，在仁愛圓環回轉，然後在仁愛國中邊牆右轉向南進入安和路，按原路往回走。

現在再從古亭捷運站向西來走。跨羅斯福路後不久，即向北走上南昌路，這是南區的主街。它西面的平行一條街，是當年舊書攤林立的牯嶺街。過了橫向的福州街、寧波西街、南海路，即來抵公賣局。這亦是老建築，亦是老台北的地標。當跨愛國西路時，可曉外地客人左手邊是總統官邸，正面是南門。

公園路走一段，左轉貴陽街，則左側是一女中，台灣最傑出的女子高中，右側是介壽公園，昔年則是三軍球場。這一段貴陽街，平常少有人自行驅車走經，算是冷僻極矣，卻又極居城市之核心，能經此，可稱有趣。再前行，右前方是總統府，不久右轉入博愛路，則可見總統府的後背。直至衡陽路左轉，衡陽路與博愛路交口，可說是台北市這一百年來的中心。衡陽路向西，左邊桃源街有牛肉麵與大餛飩，右邊延平南路走不遠有中山堂。

跨過了中華路，進入成都路，車停在西門市場，便是我們235的觀光終站。這裏便是西門町，有太多可去步行探索之點。

這樣的一條路線，透過車窗，便可看到太多的新舊台北，移動的看，稍縱即逝的看。沒看真切的，也且先算了。亦不妨多乘一兩回，可在車上先看熟了，而後在其中幾處定點下車，散步逛看一陣，隨時上車再移動來看。

有時招待朋友，先幫他備好一張悠遊卡，再告訴他一、兩條公車路線，便可讓他獲得最眞切又最行雲流水的觀光了。

（刊二〇一二年六月二十七日聯合報名人堂）

一條觀看台北的最佳公車路線

我為什麼寫東西寫成這樣

十來年前，一次在朋友的聚會中聊得興起，笑話中說了不少觀察人性的訣竅，席間一個在副刊任編輯的年輕朋友聽得入神，忽道：「舒哥，你爲什麼不寫小說？」噫，此種提問，或說，此種振奮，眞是叫創作人很受用也。

最初，在上世紀七十年代，我是準備寫小說的，也寫那種有一點奇詭的散文，從沒想過寫旅行什麼的。寫旅行，幾乎要到了九十年代初。至於寫吃，那已是二十一世紀後的事了。

但這說的是題材。另外很値得講的是風格，也就是，人們會問：「爲何你會寫成這樣子？」哪怕你讀海明威，讀雷蒙德・卡佛（Raymond Carver），讀張愛玲，讀汪曾祺，皆可以問出同樣的問題。

我現在有一點年歲了，回憶前幾十年，的確可以像旅行（回溯旅程）一樣的講一講諸多因由。五、六十年代，我耳中聽到的語言，與看到書報上的用字，已感到自己生活在語言文字不是很豐足的地方。當我自己想要寫東西時，不免想：我該如何行文？我該寫成什麼樣的句子？文句裏涵蘊的是什麼人發出來的聲氣？難不成發出像徐志摩的聲氣？不可能，他太輕快靈動了。也不可能發出像魯迅的聲氣，他太憤怒了。

我雖沒想太多，也不可能思辨得太完備，但已知我想寫我忍受得了的文句，更確知我要寫我認同的題材。

一字一句的往下寫

先別說及大方向（如題材、如內容、如風格、如主題……），只說文字。所謂文字，單說開頭第一句話：「小明早上起床，……」要怎麼將第一、二十個字寫下來，接著又是幾十字，再又幾十字，這些「一定要被寫下來」的字，如何受你選上、受你推展，最後令你看了有生趣，令讀者看了有魅力，停都停不下來，便是寫作極要緊的事體。

哪怕還沒有故事，哪怕還沒有主題，人也可以一句一句的往下寫，照樣寫成有節奏有起伏的一些句子、一些段章。「街角停了一輛車已經好幾天了。鄰居經過會開始議論，或許是引擎蓋上的落葉堆得已厚，或許是車頂的鳥糞已白漬斑斑。我們家也注意到了。爺爺每天早上推開四樓的窗，總會往下瞧一眼這輛車……」我隨便舉這例子，不過想點出有些文字是不自禁推向「故事」的，如上例，而不是純散文字句。倘若你不想推展故事，只想使讀者專注讀文字、讀句段，且很有趣味，則行文不可太平，甚至不可太緩。當然，以上的例子，不是好例子。倘一開頭是那樣，教讀者已在心中猜想這是一個多麼平庸的家庭小花小草故事，胸中有豪情有大志的讀者斷不會讀的。文章開頭，或中段，或任何一段，皆透露作者的胸襟；你的胸襟不凡，不宜取平庸筆墨行文。《浮生六記》一開頭：「余生乾隆癸未冬十一月二十有二日，正值太平盛世，且在衣冠之家，居蘇州滄浪亭畔，天之厚我可謂至矣。」這種開頭，便甚有氣勢，他說「天之厚我可謂至矣」，已隱隱道出其後陸續將要出現的苦難了。另外，美文又是另外一回事。我自認我從來沒想過要寫美文，因爲「美」可以由許多別的雜類、平淡、簡單的東西，最後結成的，而不必是「作美」出來的。就像我從不追求「美食」一樣。許多好吃的東西，在於它眞實、平簡與耐心烹燒，最後就美了。但它的模樣，或它的氣勢，從來不是「美食」的意指。也完全不需要是。

文章亦然。完全不需寫成美文，亦可以是經由質樸、平淡、琢磨，成爲一篇好文章。

所以說，人的氣質，形成人的文章之格調。

文白夾雜是怎麼形成的

至於我寫東西有點文白夾雜這一節。白話是很難的。白話要說得又看似平易、卻又漂亮、又其實很簡鍊，則是需要打造的。而這種打造，需要很多人不斷的在說話中逐漸的演化它。也就是各省各區的人都湊到了一塊大城市，然後將官話一起說得很清暢、很流利，便或就成了。然而五、六十年前的台灣各市鎮，大夥還沒把話講成很圓熟，已然有人等不及必須寫劇本、必須做文章了。於是寫出來的文章，我左看右看，總覺得不順眼。舞台上演的話劇，你聽他們的對白，眞是很疲乏無味的，造成後來的幾十年我對話劇一直提不起興趣。若我自己將來寫東西，看來別寫成那樣爲宜。又中學六年（初中三年、高中三年）讀了幾篇文言文，似懂非懂，然它的字與字的距離，長短之結合所產生的節奏甚至跌宕，頗顯出一份韻趣，如果自己將來取之下手，但覺運用得妙，也會是有神采的文字。然所謂文言文，不能讀的都是韓昌黎、歐陽修那種經典古文，也要雜覽後世無名、無特要如何的尋常百姓的文言文。更要讀清末或民初有些人其實已寫成類似白話，卻絕不至加上「的」、「了」、「嗎」、「啦」等口氣似的助字那種平常敘述文體。於是你讀前人的尺牘或日記或憶舊之文，常能學得極多的好筆法。林琴南及其先後的翻譯家所寫出的譯筆文字，是以中文揣描西洋的敘事，往往這種文言文，既有白話之韻，也不禁透露出西人之思路，讀來常教人眼睛一亮。後來愈讀愈有興頭，反而以白話寫成的文學看得不多了；倒是以較文的筆意寫成的別類（如醫學、工程、樂理……）令我更有讀興。有些人不是文學家，卻文字寫得極好，像青年黨的李璜的回憶錄，像蘇北老報人包明叔寫的《抗日時期東南敵後》等。便就有這麼一段時光，四處泛覽有風韻的文字，哪怕其中一點情節也無、哪怕其中所究與我毫無干係，只要純讀文字很感受用，竟然看了太多雜七雜八的零書斷文，深深感到一事：行文是有天份的，或說，下筆是有天份的。譬以書法為言，有些筆畫是寫在商號的帳簿上，然它是好字，便就是好字。另有些筆畫雖是寫在書家的詩文裏或楹聯裏，但它不是好字，便就不是好字。這往往勉強不來。

再說一例，年少時照說很愛看武俠小說，而其實我沒看過多少。武俠的文字，我隱隱認為應該古意一些，也即，文言氣應重些；然太多武俠的文字太鬆垮平白了，眞是教我沒法看。於是就算它的情節很出人意表，我壓根沒興趣往下讀。還珠樓主的《雲海爭奇記》，一開頭便是好筆，能教人一口氣讀個三五頁仍覺迴轉起落得太舒服也。而情節猶未特要如何展佈呢。

又我們自幼學習國語，我做為浙江小孩，家中大人說的是吳語，我對國語之駕御常會像是以南方口齒來學北方語調之感覺。於是童年聽有人講四川話的、講湖北話的，總覺得他們與國語比較接近，也因此認為那一類的語言與將來要行文，比較沒有距離。

但不管如何，當時坊間能讀到的白話文的文學，愈來愈不得我的眼趣；然只要一讀平劇的戲詞（北方或漢調）或蘇州彈詞的戲詞，便深感入眼。它們並不是文言，但硬是不同於我人常讀的白話文。再看到劉寶全的大鼓《丑末寅初》：「丑末寅初，日轉扶桑，猛抬頭遙望見，天上的星星共斗斗……渺渺茫茫、恍恍忽忽、密密匝匝，直沖霄漢，減去了輝煌……」更可看出這些字句不是文言，但卻是有機的白話。有道是五四運動鼓吹了白話文，為了我所淺淺看見的白話文，甚至還頗對五四的文學面有點不以爲然呢。

當然，白話，搞不好是一個時代的習尚。有人雖在前先的年代，但崇尚上了白話，便一逕操使白話，不只金杏枝、禹其民寫白話，徐志摩、張愛玲也全數寫白話。有可能二十年代至四十年代，白話很受新潮人士嚮往，就像穿著西洋服裝一樣；至於那些猶習於操使舊時文字之人，如吳敬恆、陳寅恪等，或只是還脫不下傳統中式服裝。當然不管穿中式穿西式，皆要穿得灑脫。有一個寫歌詞的高手，叫李雋青，大約四十年代末一直到六十年代，寫了無數的好歌詞，皆是白話，然是極好極有味道的白話，他的背景，似乎被提得不多，但他眞是文字的大師。我竊想，他選擇白話，與他所處的時代有關，就像住都市與住山腳村鎮之例。李雋青之使白話，與他選擇住大都市（如上海，如香港），皆因他的年代之自來使然。陳寅恪之使文言，與他的選擇舊時鄉鎮老式生活有關（哪怕他住大都市中），穿長衫、著布鞋，甚至還甘於流露一股教自己感覺篤實的冬烘氣也未可知。

這也可譬以林風眠的新式筆墨與黃賓虹的舊式筆墨之喻。黃賓虹不是不知道各國早已出現的畫風，然他只靜悄悄住在偏遠山村，或只是習於那種教他感到安全的冬烘氣呢。

我在戰後的台灣出生，又是外省家庭輾轉渡海而來，在五十年代與六十年代兒時嘗見我的如此周遭，噫，我會憧憬像《太太萬歲》裏的人那樣的說講白話嗎？乃我的年代晚得多矣，都教我覺得白話文是不是有點退流行了？

前面說及四川話。明清的四川是移民社會，成都壩子上充滿著擺龍門陣的人們，他們把話愈來愈說得活潑有趣，而自清至民國私塾的教師又把舊文教授得甚有板眼，故而戰時入川的有識之士觀察到，川人頭纏白布、腳穿草鞋，身上卻穿長衫，且吐屬文腔文調。此種穿戴搭配言語，倒眞有些許「文白夾雜」呢。寫

《厚黑學》的李宗吾，他的筆法，其實不錯，思辨相當灑脫有颯颯之勁。

另外，文言文有一種古人式的距離感，寫在筆下，有時產生一股遠處誨人的尊嚴語氣，往往自然而然教讀者生出服氣之閱讀情懷。甚至省卻了讀者想要與你辯論的念頭。

讀書之不易

再說讀書。太多的書我沒法看，便是題材吸引不了我，往往其文字也吸引不了我。要知道，題材與文字常是息息相關的。有一本書，叫《未央歌》，講抗戰時大學生在大後方的故事，四、五十年前極受歡迎，一直到現在仍有人讀，但我當年一讀開頭，便讀不下去了。

顯然，我讀東西不甚寬容。在書店任意翻看時，常帶著一絲「能看嗎？」的冷眼。尤其當年太多溫吞水似的內容與溫吞水似的寫者常會隨手翻到。

當時的社會也不行。或者說，年輕時放眼看你的周遭，什麼皆不行。正因爲有那樣的爛周遭，才撥動你想要講髒話或寫作的動機，不是嗎？

不太讀得下去，也在於我年少時的閱讀習慣沒有建立。高中畢業前，我原不是文藝少年。還比較算是武藝少年，喜歡打球、田徑、國術、戶外郊遊、爬山登高遠遠勝於看書。又伏案的「平面式」閱讀，也往往被看電影、聽音樂這類「立體式」閱讀所大量分攤了。電影或音樂的推進式結構法，很能令人學到其韻律與行進之變化，這是對寫作上的敘述極有啓發的技法。太多的文字寫得那麼好，你幾乎想說：「哇，這簡直是音樂嘛！」或「這和好電影的一串畫面一樣精彩啊！」尤其是有些默片，你即使在客間的人家電視上不經意的瞥見，也覺得眼睛深有收穫。

那時公教人員寫的東西，有一種他們的「謹於此、慎於彼」的習味。就像有些在銀行上班，公餘寫作，寫出來的就有一股飯碗已打理好於是可以放心寫東西的氣質。

他們中有的人其實寫得很用深心，但他們發文的起因終究不是我們所謂的「有意思」。

可見人生的定調，眞的是一樁很不容易之事。太多人一寫，寫著寫著就寫成他日後的一生。他定調定得太四平八穩，終於連寫東西也寫成四平八穩體矣。

選看小說與試寫小說

小說的推演，常在於寫作者他早年是怎麼獲知小說的。亦即：他是怎麼從看小說當中逐漸發展出自己蘊想小說的習慣與能力。我幼時看小說不那麼多，主要戶外遊戲與球類取代了看書；更幼時，甚至完全沒有睡前床頭聽故事的文化（一如美國），亦沒有廟前看戲聽民間傳說的習俗（一如農村社會）。故而開始想寫小說時，並不是自己胸中已裝了講不完的故事，也不是很懂情節之三轉五轉變成神妙，像太多好萊塢編劇那種天馬行空。都不是。只是一個對「小說」二字情有獨鍾，若要做一介寫作之人，看來應該寫小說是最沒錯的了。然而何種樣式的小說才是「我會寫出的小說」，倒眞是最大的課題！那時大夥皆知道做個小說家必須有寫長篇小說的雄心；我當然也這麼想，想了很多年，也下筆寫下不少片斷，也不時嘗試構思一些題材。但弄上一陣，似乎長篇不怎麼融化於我這個生長於小小海島凡事很零星快速、凡日子皆無春天雨冬天雪的那股慢條斯理的浮浮佻佻青年之胸腔裏。如此一來，長篇之念，自知不敢往傳統舊俄的巨著去學模樣，托爾斯泰、杜斯妥也夫斯基等太龐雜浩繁了。也不見得對簡・奧斯丁、狄更斯、福樓拜等大家有所心得。後來稍翻德國的湯瑪斯・曼，覺得太把框架弄成宏偉，已稀釋了自然興發的熱情，這樣的書倘有人臣服，會害了他太想把事情做成有形有樣，很容易害後學者變成虛有其表。就像常常把「大河小說」放在心上的作家，很容易著了「偉大」的道。

若說要寫成極具個人風格，例如像芥川龍之介，那又非得把自己設身處境弄成芥川的幽微極矣的那種不世出的狀態，看來不是人人可以仿習的。更別講國情之不同、時代之不同、與每人秉性之不同了。莫泊桑的故事如此豐多，也不是說學就學得來的。但他能稱得上「短篇小說之王」，眞是不愧！乃他世事之觀察極豐廣，又極細微，且每一種人所一逕繫於深心的那些個貪與嗔、癡與迷，皆受他巧妙的畫龍點睛了出來。注意，他只畫龍點睛，故而是短篇小說。不囉嗦，不冗長。

休伍・安德森（Sherwood Anderson）之小說寫成這麼樣的安靜沉慢，一如午後所有美國的偏遠小鎮的空蕩寂寥實況，令短篇小說的敘事格調霎時別開生面，教太多想寫小說之人著迷極矣。然這已是意境，不只是說他的文字如何、故事如何、背景如何而已。是他看待人生以後所結出的藝術之崇高也。

喬犮士（James Joyce）則是名氣太大，也寫得好；然他的好，是藝術感太重，太孤冷奇僻了。並且他是西方的藝術家，又是立足於二十世紀初至二、三十年代那最好的藝文時期，我人居亞洲，甚至在台灣當時的境氛下，看來無須自喬翁習取榜樣。老實說，他也太窄了，至少還不如向巴爾札克那裏找取觀察世道的些許門徑。從自己東方故有的東西得到靈感或意念，未必不是更好的方法，像

《三言》、《二拍》，但也可能是中文，是舊識，太滑順了，往往引不起你的停注，結果反而漠視了，也是可能的。《三國演義》的行文，比較文言，在小說敘述上，沒有較爲白話的《水滸》來得富藝術感。然有一節，《三國》在顧及大勢事件上有很好的自高處俯瞰全局的胸懷。這是其高明處，同時此種環視全局，正需用上較多的文言。

（飄／宓西爾著／淡江書局／1960）

不少人會發心寫小說，常來自長篇小說之閱讀。而大時代與老家族再加上愛情，往往助長了故事的濃郁度。

海明威，十分的流行，照說我不太有興趣，然稍稍翻他的英文原文，他寫得眞好。有些段落，你甫起讀，就想往下一直看下去，竟不是爲了情節，是他的文句太有風味也。這樣的「極想把文字寫好」的作家，其實也頗不少，尤其以英文來行文的作家，眞是非常幸福，那是一種很能在文法邏輯裏猶變幻出奇妙巧機的優良語種。

甚至有些書翻譯成英文，竟也如此字句動人；猶記法國的尙・謝內（Jean Genet）寫的《花之聖母》，英文譯名爲“Our Lady of the Flowers”，當年讀它的英文覺得好極了。讀了不少段落，皆滿意極矣，而內容關於何者，並不想去記住。又Dashiell Hammett（1894~1961）與Raymond Chandler（1888~1959）這兩個偵探小說家，其實故事並不怎麼吸引我，倒是他們的英文行文，十分有味道，有時有些皮勁，然總體而言，有一股老於江湖的世故喟嘆。

然而中文就不能創寫成好文句乎？我那時已悄悄在心底打下了好些個其實頗堅定的念頭，自認可以創寫成有風格的文體。

再說及海明威。他的故事題材，不能說不好，但不是我關注的。這種事很無奈，怎麼說呢？他做爲他那個時代的美國人，會著意的，不免會是那些個他及他

（太陽浴血記／Niven Busch著／大中國圖書公司／1964）

雖是西部小說，亦被拍成大製作西部片。然此小說的主題，似可稱作「美國」。一如奧遜・威爾斯的電影“Citizen Kane”，最早根本就想取名America。

同輩已寫出的東西。我生在台灣，又在戰後，我著意的，實不是那類事體。但又是何者呢？這眞不易回答。甚至這是所有中文作家皆在探索之事。另外你回身看你自己國家的寫作者所寫的東西，再自問：「那是你鑽研或關注的內容嗎？」赫然發現，哇，竟然不是。這麼一來，我突然生出一念：會不會大夥終是爲寫作而硬弄出好些個像是「寫作出來的」作品，而其實還沒找到心中要吐的話呢？

這又要再說回讀書一事。我那時讀書極不易多，因爲很容易看看就停，前說的作家大多沒讀太多篇章便要擱下。不是他們寫得不好，甚至不是寫得悶，是我皆在注意我自己的事。什麼事？很難說清楚，但就是自己有自己隨時留心或停注的事態，而那些事態幾乎就像睡夢中的已編好的情節一般，不願被外在的敘事無端打斷那種狀態。除非某種閱讀可以取代我的夢，否則每本書皆教我讀不了多久。這種心中一逕有極多此起彼落的念頭或意象或遐想或自我互辯的過日子狀態，在七十年代維持了好幾年，實在是滿 high 的好時光，也於是那時很愛聽音樂，很愛看電影，也很愛與朋友談論創作與辯析人生，主要那猶能流延展衍原本腦中的想像力，很覺過癮，但就是看書很不得力。有太多的書翻著翻著，說什麼就是看不了幾頁。

哪怕是不聽音樂、看電影，也不會無聊，因爲自己腦子裏一逕編織著莫名其妙的東西，隨時皆像閉著眼睛看電影一樣。彼時坐在公車上，窗外流過啥景皆是視而不見，風吹在臉上，心已在夢著極遠極遠的不知道何種樣的一個故事呢。台北市的公車眞是美妙，尤其是深夜的最後要坐回家的那一班。更尤其是看完晚場電影、跑著趕坐上的那最後一班，在車上，空空的沒三兩個人，坐著，猶想著適才的劇情，星月在天，夜靜車輕搖晃，人的思緒或夢完全沒有任何東西干擾。

也因爲如此，整個七十年代，我「翻」了很多書，卻「看」了很少書。我的內心，皆不在看書。

不看書，自不能跟蹤書中的情節；而自己內心奔動的，又未必是情節之物；逐而漸之，我慢慢離小說遠了。

即使你是操使中文的作家，但中國與西方的養分究竟要哪樣多些，這是很有趣的問題。在二十世紀六、七十年代的台灣，我的觀察是，應該還是西方的比重多些。並且還未必算上喬矣士、杜斯妥也夫斯基、貝克特、沙特。但就是多方位的那種「西方」，包括建築、音樂、與科技。

偵探小說、科幻小說，在七十年代也已有了一點，只是我沒去探索。偵探小說一詞，我自幼時即很羨喜，幾乎也想好好找些來讀。但彼時坊間似沒什麼佳品，一轉眼多年過去也沒寓目啥書。七十年代的台灣，都市化的程度猶不怎的，我日日徜徉其間，從沒設想過在我的城市中構思偵探的故事，可見它與我的生活還是頗迢遙的。

至於武俠小說這一類別，我做爲四年級生（五十年代出生），一來已是baby boomer（戰後嬰兒潮）一員，離亂之苦未受，不易寫大恨大愛跌宕起伏的武俠；二來六十年代青春活力薰陶、西洋娛樂浸潤，已積累另一股「高蹈」之念，未必將武俠小說看在眼裏。更別提人受西方雜項牽引，中國古東西不得全神專注，武俠寫作那種舊詩老韻、章回架構，「欲知後事如何，請聽下回分解」云云，或也力有未逮。

主要的心念，還是繫於「藝術感」很重的短篇小說。然又未必知道怎麼去構思。有時只能從字句開始；寫它個幾行字，寫一些開頭，寫一些沒頭沒尾的中段。然後想，這些筆記，將來會變成小說嗎？我大約不會設想一種「想當然耳」的情節，像A太需要錢了，於是去搶銀行，搶到了，但在逃離時，被一部嬰兒車阻在樓梯口，因不忍傷及嬰兒，結果被警察開槍打中。我不可能想出這一類的情節，乃我沒有這故事裏的任何一種觀念。第一，太需要錢，就搶銀行嗎？還有，什麼叫做太需要錢？第二，憑什麼沒來由的就會鑽出一個嬰兒來？第三，這是何種文化下會迸出來的故事？你是誰，會和這種故事有關係嗎？說到這裏，便知道，你要找的故事，最好就是「你特有的」。哪怕它很少很少。前說的芥川龍之介，他會寫《南京的基督》、會寫《橘子》，便是他特有的眼光之流注，他關心那些很幽微又很能在手底下化出極神妙敘事的作品。這便是他「特有的」。有一本武俠小說《偷拳》，講楊露禪至河南溫縣陳家溝學拳，然此拳不傳外人，他只好偷偷瞧窺，終於學成。若有人將它寫成學得絕藝，接著去報殺父之仇，便就是前謂的「想當然耳」情節，那就完蛋了。

有些作家喜歡把自己家中的遭遇表達在小說裏。譬似不少女作家很感念她的母親或外婆在那深受思想禁錮的年代猶作出頗具智慧的決斷，於是小說很著力在爲其先輩伸吐冤氣。我甚少想過將自己家裏的事情做小說的題材。不惟我談自家私有事覺得難爲情，更爲了我家是極尋常的普通人家，壓根兒沒有絲毫情節可言。會不會有些小說家他的矢志要成爲小說家有一點潛意識希望他家庭種種與他的出身最好有相當的「瘋狂面」、瘋狂到令他生來便可以是一個不折不扣的小說家了？就像符合海明威說的那句話：「小說家皆來自不快樂的童年」嗎？

但我恰好與此相反。我多麼追求正常，我多麼希望活在快樂的家庭裏，而事實上我家也是。只是快樂的時光短了些，然後就窮困了，然後父親謝世得早了些。然而快樂與正常完全是存在的。故我自二十多歲開始寫東西以來，皆不曾考慮去寫「出發自瘋狂或怪異」之作以求驚世駭俗。

小說的故事，既然如此難從我心中迸出，加上我翻了太多本國作家的小說，很少感到高度驚艷；甚至太多故事教人看後毫無印象，更甚至太多的小說是想盡辦法要「弄成像一篇小說」，我都覺得，幾乎要自我警惕：絕不能令自己寫成那樣的狀態。

當然，別人怎麼寫，或寫得怎麼個不夠好，是別人的事。我自己想寫什麼，才是我該費神的。

情節編造之不容易，又可以說說電影之例。電影故事，太多太多令你在觀看當下目不稍瞬、全神凝注；然看完後，回頭去想，這電影究竟如何？有頗多是不行的。這主要也是「想當然耳」之故。它編得太多，它造得太多。將那些編造的部份挑剔出來，丟掉，它的原材就不值一看矣。有沒有辦法把劇情片拍得像紀錄片那樣樸拙而又很富故事的流動？我很早便那麼揣想了。

在我成長的年代，電影中煽情的部份多到可怕的地步。於是到了二十多歲知道有「藝術片」，又知道紀錄片的拍法照樣可以感人至深以及照樣可以抒情可以詩意等等，由此喻於小說，也是相通。這一來，我更不願輕易就編造很明顯便是矯揉造作故事的所謂小說了。

小說除了聲腔、文體、個人喜好題材等美學要求外，另外更重要的是人生的體悟。也就是像歷史的那種部份了。這個人爲何是這樣的遭際？那個家庭爲什麼兩三代呈現出如此的一種興衰的脈絡，祖父過世後，四叔悄悄的參加了革命黨，小姑姑遠渡重洋一直再也不願與家人通音訊？

小說，常需推陳事情的因與果，也有無數的過程，這等等的人生時段，便就像歷史。歷史，要有堆砌、解析的筆墨，往往不是三言兩語。一眼看透，一語道破，則不是歷史，而可能是佛偈了。

我常常浮來飄去，定性不夠，寫著寫著，便愈來愈不像是會結形成小說了。主要不怎麼有歷史的秉習。當然也不敢說有佛偈的傾向。然很短的敘事，古代中國亦多，有的也是好小說，像《千日醉》，謂一人大醉不醒，衆家人久喚不醒，想是死了，便入葬。三年後，要開棺重葬，一打開，他大呼一口氣，道：「醉了我好大一覺啊！」原來沒死。而開棺的兩個工人聞其呼出的酒氣，也各醉倒一個月。

言敘事，這是寫作最重要的一回事。簡短的將事道出，最古的佳例，是《左傳》。我甚至覺得，若我到大學裏去教小說，應該會讓學子讀個幾篇《左傳》，主要體會事情發生的原委、先後、因果、演變，而他怎麼敘述。看官，別以爲他簡略，他寫得眞是精確。

長篇的洋洋灑灑書作，可否將它寫短？這也是我常在心中琢磨之事。《教父》的電影是將小說抽成極短的篇幅而成；倘導演柯波拉自己重寫這部小說，將之寫短，或許也是一本好看的小書。金庸的武俠小說，部部皆精彩，然《笑傲江湖》中刪去桃谷六仙等夾纏打渾段與《天龍八部》刪去丁春秋徒衆歌功頌德等極多極多旁枝末節，想來更會令整本書尺寸合宜。最早我看電影《原野奇俠》（Shane），便驚嘆：何以能將小說改得如此簡潔又童心天成？我想這是導演George Stevens（1904~1975）在美好的美國五十年代觀看世道的天眞角度。但Jack Schaffer（1907~1991）的原著倘交給像《斷背山》的安妮・普露（Annie Proulx, 1935~）來寫成中短篇小說，大約也可以是很富藝術的西部小說。

短寫，往往也是透看人生的好方法。我心想每個寫作者皆應不時會對各種作品生出此等心念。

我亦很喜將事態用不多的筆墨已約略道出一個端倪；此種筆法很像京劇一開頭的定場詩。又有些情節，更可以像電影故事一般，只將「事體的動作」很精簡的敘來。我已愈來愈喜這樣的描說事情，也於是對傳統的小說的鋪陳竟漸漸失了耐心矣。

便開始寫一種略有小說情境的散文，或說，不怎麼像坊間習見散文的文章。

後來，乾脆不管那寫出來的東西像不像小說、像不像散文，就只是「寫出來的東西」好了。

後來，愈寫就愈寫成散文了。

散文，不知怎的，我很早就注意所謂「文體」這件事了。一篇東西，常因它的文體，得到你眼神之停留。好的文體家，極有可能他的太多篇東西都令讀者印象深刻，有時這還不是學來的，是他與生俱來的某種創作基因也不一定。另外，如果真喜歡創作，哪怕是散文，還不是有情節的小說，也儘量別在行文時注入太多學問與知識。

這就是創作的無上樂趣。即使你極有學養，但寫出來的創作作品，不可「順便帶著」瀰漫在這一段那一節中的知識、史實、典據、資訊。這是寫東西這一行裏面很難言宣卻又很要緊的道德要求。爲什麼？因爲讀者在閱覽時的全心凝注或如癡如醉最不值得被另外看似有用卻可能干擾的雜項所破壞。

閱讀時的深情享受，常是見出創作高妙之很簡單指標。

今日，我的職業雖算是作家，但這也是近十多年才成形的事。原先的幾十年，我沒設計自己的路爲寫作。有很長的歲月，我不確定要做何種工作。像《浮生六記》，是極好的作者寫成之「不擬弄成職業作家」的書。這是很了不起的。太多的寫作者，常先將自己弄成職業作家之架勢，卻未必有職人之優異筆力。

每個人有每個人適合做的事，但最好做那得以發揚自身十足能耐的工作。我若每天伏案寫作，不做他事，我會自己覺得太不過癮了。爲什麼？因爲我愛東弄一點這個、西弄一點那個，簡言之，是愛不特專注一事，也可以說愛玩，愛一天中大多時間在外頭探詢些有趣之事，碰碰朋友，遇遇風景，找有意思的東西寓目（但甚少是書），牽動社會的聯繫，然後，偶爾寫上一點東西糊口，其不就可以了。

簡略的講一下自己寫東西的經過，豈不也像是講一段旅行中的途程？

（刊二〇一三年三月《蘑菇》雜誌、
二〇一三年五月十三日、
與二〇一三年八月十九日聯合報名人堂）

雜說紀州庵與同安街

紀州庵這三字我到近年才聞知，然這幢木造老樓我自四、五十年前便一逕多次看過。

我看它，皆是自水源路車子移動中看到，亦有時自中正橋遠遠的眺見。它能被看見，且被記得，顯示它的外觀不俗，甚至顯示它的臨河位置出色。

這幢木造日本小樓（因遠，故小。其實它並不算小），我從小見它無數次，從來不知它居然有名字，也從來未聽同學同輩說起它過，弄到後來，竟有一名，喚「紀州庵」，這莫非是一種出土的過程？

當然，它如此晚才被介紹大名，顯示台北許多地點的來由，不受大夥探源索究。

紀州庵，我見它，皆自水源路這一面（也即正面），從未自同安街走到底去接近它過。這是很有趣的。

顯然，我們走同安街，只走往要去的段落，不會無事走到底。何以然？必然這「底」，已是最後最尾最要跌入河裏的低沼之極的淵窟了。

現在先說同安街。

同安街的頭，在羅斯福路口，極窄極小，像是巷子。若有些老房子沒改建，它的線條與兩旁民居，你大可把它想成鹿港或不少清末小鎮的模樣。

走不遠，右手邊是同安街8巷，頗有半舊宅半棚戶的居家氛圍。若人自晉江街進入，彎至晉江街18巷，它亦有些類似違章建築的矮房群。不知自何處聽來，謂李師科當年的居處便在這裏。

同安街多廟。小小一條街，從頭到尾看來不足五百公尺，小廟一間又一間。

晉江街17號對面，一株大榕樹，據說最老，有兩百多年，地當長慶廟旁。

南昌路與同安街交口的十普寺，原是一座老寺，只是今日建成水泥高樓，不容易被當成老寺來憑弔。

十普寺以南的同安街，立刻陡降，成爲下坡。可知南昌路以南的這一片同安街地面，有一些昔年沼澤的可能，無怪大樹（多半是榕）這麼多。除了前說的長慶廟那株，更南的廈門街113巷與同安街交口那株雀榕，再加上紀州庵院中的幾株皆是也。

十普寺背後，同安街43巷這一片社區，八十年代中改建成這群大樓，原爲一批完整的日本房子群落，巷中有弄，弄中有巷，可以一個鏡頭連著拍，這麼轉過來轉過去的徹徹底底轉一圈。

路對過的巷子，可通往強恕中學。如今的大門，開在汀州路上，然昔年謂強恕，皆謂同安街的強恕云云。

曾有一段時間，台北的「太保學校」有其佈局。強恕在南面，東面有「東方」（如今文昌街）、「開平」（如今瑞安街），北面有「中興」。五十年代，私校的選址，必須很靠近田壠或荒沼。

汀州路原為鐵路（萬華至新店），鐵路以南的同安街，其實才是住家氣氛最滿盈、最所謂同安街本色的一段。也是它與鄰旁的廈門街、金門街最產生緊密關係的地段（牯嶺街則不相干。原本牯嶺街只到和平西路便止。穿透和平西路再延伸至水源路，是近二十多年之事）。

像廈門街113巷（有爾雅、洪範二家出版社），與巷對過的金門街24巷，皆算是同安街的重要橫街，皆有許多很像樣的住家與建築體。

稍前一點的廈門街99巷，又窄又直，自廈門街通至同安街，在這樣一種角度切成，又在萬新鐵路南側，再加上與它平行的、沒通入同安街的、上一條的廈門街81巷，很難讓人不猜想它們昔年各是一條水溝。

同安街85之一號，賣麵線羹，已賣了很久，至少我八十年代初它已在了。味道嘛，似乎印象中味精頗多。

99號之五，是四樓公寓，且有題名，稱「同安大廈」，梁寒操題字。可注意它的藍色小瓷磚鑲邊意趣。

在紀州庵院後，有一雙併三樓公寓，門牌為金門街44巷6弄7號，它的正面呈弧形，也以淺藍色瓷磚為飾，與前述「同安大廈」有相近美感。而這一類的雙併、藍瓷、弧形正面、三樓小公寓，六十年代初台北頗不少。尤以水源路、廈門街左近為最多，泰順街也有，然近數年愈來愈快的消失了。

同安街這樣短短一條小街，既有閩南清式紅瓦、又有日本木造、又有灰牆黑瓦普羅簡易民宅，後來又加入三樓四樓公寓，住家巷弄形式堪稱豐富；若再加上一幢當年臨河遠眺晨曦夕照的紀州庵，這樣的一塊小地方簡直太特別了。

如今堤防早高了，環河快速道路也太奔忙了，木樓眺景早就不實際了（倒是旁邊有十多層高的大樓可在高處眺另一種河景），更別說附近多建了陸橋，這種種，形成水源路與新店溪可以說變成了另外一片世界。

（刊二〇一一年九月文訊雜誌）

我生活在台北這村莊上

我生活在台北這村莊上，每日起床後，只在直直橫橫十幾二十條街巷穿梭，吃餛飩的攤子、買燒餅的小舖、喝甘蔗汁的店家皆相距不遠。雜誌社要交大開本刊物給我，皆麻煩他們留置某幾個咖啡店，我隨後步經手取便是。每年秋天，好友相贈的一大箱老欉白柚，亦是煩請寄至近處朋友公司，固然一來有樓下管理老伯收件，我不用候家等門；二來我提貨時，也自此地開始分贈，廿分鐘散步下來，將八、九顆碩大白柚分贈將盡，自留一個擱家中，香上一個月，再切食之。流出去的那些，我往往在串門子時東吃到一瓣，西吃到一瓣，欣喜莫名。

我生活在台北這村莊上，每日走路的路線皆頗接近，許多門牆經過多次，亦未必留意及之；不少樹花看過多次，亦未必有所膩厭。停下歇腳的定點，常是那幾家熟悉之店，有時駐足，不過說幾句笑話，有時一坐，賴上好幾小時。然則會去上那裏，主要爲了出門；而出門，爲了四處巡巡看看。便因巡看，很容易誘於舊書店，一下子鑽了進去，竟埋首好幾小時才能脫身，這又很諷刺的違背了巡遊泛看的本意。

我生活在台北這村莊上，報紙已一、二十年沒看，而世上發生事也竟可自左近遇上的人聽獲。茶已有同樣長的時段沒在家泡過，皆在店面櫃上或人家客廳喝到。此種福份，彌足珍惜。又吃飯，亦在村上；有時想吃一盤蛋炒飯，竟然不遠處也有，麗水街淡江城區部對面的「小茅屋」，這小廚房竟像是專爲我臨時設的，即煩囑飯不用太多、油極少、蛋炒得嫩生些，也皆辦到，就像在家中吃它似的。而它是在人家家，又可付錢。有時搭一碟海帶、一碟干絲、一碗紅油抄手，更是酣暢。

我生活在台北這村莊上，遇有醫藥疾病的疑問，總有好幾個知識淵博的中醫西醫可以三兩通電話便能解惑。遇有練功行氣的自我保健方式，亦極多同好可以互相授受。遇有自己或別人的心中積悶，我們與太多的朋友皆可做他們傾吐的對象，噫，我生活在何其好的一塊村莊上。

或許我太習於過這樣小巧、鄰近的村莊式生活，就連觀光到了德國海德堡（Heidelberg），亦每日在古城近處反覆巡走，時而登上老橋，停步眺觀，或索性過橋向北，登「哲學家步道」（Philosophenweg），南眺古城，美景盡收；但更振奮的，是氧氣與寧靜。時而向南攀爬至城堡（Schloss），驚見高山上有恁大平曠處、有恁大的石材建物。

主街 Hauptstrasse 與旁街 Untere Strasse 亦是來回盪步。兩家咖啡館 Cafe

Weinstube Burkardt與Cafe Knosel不時坐下，看幾頁書，寫幾行字，餓了，叫一盤簡餐，比目魚簡餐美味極矣。

甚至我到花蓮亦是過村莊生活，太魯閣遊畢，海岸車遊過幾十公里，其餘便皆在市內步行可及處。往往由「舊書舖子」逛到「時光二手書」，由「璞石」的咖啡再吃到「泥巴咖啡」的貝果，而吃飯更貪圖近距，全在大同街解決了，由「四八高地」吃到「三十九號招待所」。其餘無事便隨意瞎走，溪邊也去，小山也爬，清風徐來，中人欲醉，走著走著，竟不覺走往下榻民宿，準備睡一個午覺了。

（刊二〇〇九年三月六日聯合報名人堂）

台北的好，究竟好在哪裏

近數年我聽到好幾撮外地的、本地的、本地移居大陸的、大陸移居本地的人們，說及台北的好；像什麼台北的房子不高，人與人的距離不那麼擁擠。像大家輕聲細氣的，沒見什麼兇霸悍惡的模樣。做什麼事都講禮貌，毫不爭先恐後。像買東西、吃東西的物價亦不算很高，而獲得的享受居然還頗高（當然房價例外）。

其實台北許多優點，常伴隨著它的缺點。像台北人比較鬆散，沒太有效率，於是它的優點是閒，是不急於將房子弄得更高；但同時也造成他對於宵小的無可奈何，結果只好裝上鐵窗鐵網以示防盜，其實宵小依然橫行，而鐵窗鐵網徒然成爲大家搖頭嘆醜的必然目標。

台北人愛打理家園，愛乾淨；也有禮貌，也會輕聲細氣；於是台北變漂亮了，變小巧了，而台北人也嬌了。這種種是優點，但也伴隨著對大自然相當隔閡的缺點。先不說他們怕蟑螂、老鼠，也因爲怕蚊子隨時備著防蚊膏、防蚊噴霧等法寶。正因爲對自然的不夠靠近與敢於對它做調適，於是台北近處有那麼多高山，照說山澗瀉流下來的水應該這也一條那也一縷才對，卻偌大一個台北，竟不讓諸多可能的涓涓細流引導與浮現，只知道塡埋與截斷，於是每隔一陣子遭逢大自然怒吼，便對四地竄出來的巨流大水感到驚怖極了。

說台北好，必須先說它的人口不多。僅兩百多萬。也於是所有的事物皆不至太滿。「鼎泰豐」的排隊，二、三十分鐘便能吃上。同時像「鼎泰豐」這樣的名店優鋪所幸台北沒有太多，再加上台北的旅館不夠優好設計亦不出色且價格不低，又大型的活動（如奧運、如博覽會甚至如稍具規模的影展）委實也無法降落在台北於是外地湧入台北的人總算不多，這造成台北輕閒不擠、交通不堵車、計程車隨時空著等你。

但台北最教我個人滿意的，是它的某種很難言傳的、有點破落戶似的卻又南北雜陳中西合璧的民國感那股草草成軍、半鄉不城又土又不土的人文情質。故我在台北與同樣背景的人衆聊天、談文論藝，自陶淵明李白至美國公路至東洋劍道再至義大利火腿再至 Bob Dylan，最能左右逢源。也覺得這個城市仍舊有些可愛的窮相，雖然早已鋪陳了很多鄙陋的富裕假門面又增多了很多的勢利鬼，但終究是一塊不錯的小家小田園。

而在台北要持續過得好，我的經驗是，要有玩心。於是你不妨要多有玩伴；一同坐茶館的，一同騎自行車的，喝紅酒的，翹腳吃魚丸湯的，聊音樂的，聊氣功的，聊斷食的，窩咖啡館的，聊旅行的，聊歐洲美國日本的，同桌吃飯品嘗各地美食的，聆搖滾演唱會的。

你在台北來往的人愈多，則台北應該愈有意思。這就像太多的城鄉，空氣新鮮、居住寬大、風景清美，卻和人的相與無法太多，這是很可惜的。台北人，有一最大的好處，便是極容易交接並極容易親近。何以如此？竊想與六十多年前各省的人剎那間齊聚一堂、融於一爐有關。乃大夥不免肩貼著肩、背靠著背、不管是苦是樂也要相依共存；此種共存，令每一個人皆很嫻熟於與人應對、與人來往，甚至與人協力打造一個更好的環境。

台北人另一好處，是他的聰明世故，更別提台北雖是小城卻早就是一個人才濟濟的地方，且看太多的才藝作品是創發自台北，關於這點，將來可以細談。

台北的玩，許多是戶內的，哪怕是爬陽明山也會耗一些時間在土雞城裏，而遊烏來也會多待在溫泉池子裏。

然這些戶內的玩，已很精彩，已很吸引無數的外地客人。他們居停五或七天，常只是換不同的戶內與人相接。在台北的好，亦有部份是接待外地客人；像故宮的特展（宋代的「大觀」或「南宋紹興」），台北乍然間湧入了世界各地的美術史專家、藝術創作者、工藝匠師、古董鑑賞家或古董dealer，頓時群英集於一地，即在某餐廳、某茶館、某大飯店的大堂、甚至永康街的器物小店亦此見彼見。像有些學術研討會也是，像電影節也是。說到電影，台北近年已是一個頗能鼓動年輕人自由創作的製片中心，而不少原本就有上電影院習慣的市民，每幾個星期便想找一部台灣片來看，他們說到前些年的《練習曲》，前一陣子的《九降風》、《第四張畫》、《茱麗葉》，以及這幾天人人在談的《不倒翁的奇幻旅程》，竟然口沫橫飛，興高采烈。其實電影早就是台北人走進暗黑室內的遠方旅行，五十年前已然；只是現在更加多了優質的國片。

台北於我，一來是我生於長於的地方，是故鄉，感情很深又很能行雲流水的消受它的好；而一來它亦很有侷限，就這麼一小處地方，偶也讓我膩，像是它怎麼如此教人受不了，秋天不落葉，冬天不下雪；年輕時我多麼的想離開它，走得愈遠愈好。它一點也不予人想像力，做爲少年青年我覺得都悶死了。確實是這樣。直到今天，我還能覺得台北猶好，常在於我會移開自己到很多異地跑動（到國外，到台灣東部），也在於我埋首在一些藝文或茶酒之間，不必盯著他不放。更在於我沒有在台北購屋置產、謀求功業政績，於是太多所謂的台北煩惱大可以不繫心懷也。

（刊二〇一〇年十二月二十一日聯合報名人堂）

淺說台北的文藝地標

台北的文藝地標，這個題目很好，平常我們台北人自己不太會想到這樣的名目。

先說市中心。重慶南路是書店街，就像上海的福州路。重慶南路開封街口是「商務印書館」，附近有三毛她父親的律師事務所。太多的小孩在五、六十年代要去到爸爸辦公的地方，往往便在那一帶，像武昌街、衡陽路、博愛路。武昌街上的「明星咖啡館」是太多太多文人坐下談事、寫作的地方。這一區若觀光，不妨在老的紙張文具行翻探一下有否老的宣紙，另就是想像五十年前太多的招牌是于右任題的字。老年代，人人必須在此吃飯、買皮鞋、買藥、喝咖啡等，寫歷史小說的陳定山、高陽會來此，攝影大師郎靜山會來此，翻譯毛姆、茨威格的沉櫻亦會來此（她在北一女教書）。

再說西門町。衡陽路向西跨過中華路，便是西門町。西門町的 Main Street（主街）是西寧南路，如今看不大出來了，但當年的國際、中國兩戲院，再加上國際大飯店，及一些舞廳、歌廳，全在這條路上，彼時是全台最繁榮、最光亮的娛樂中心。西門町是電影院最集聚之地，直到今天仍有三所一千個座位的大戲院（一在樂聲，一在日新，一在國賓），有時外人來台遊玩，偶看一場千人大廳的好萊塢片（如 Coen 兄弟的 “No Country for Old Men” ），亦能心神大暢。

西門町因充滿娛樂，故亦不免有墮落、沉淪的氣氛，它的街巷充滿了風塵故事，而成都路上的蜂大、南美兩家咖啡店隨時坐著三、兩個「怪叔叔」。另則紅樓劇場新開設出的廣場咖啡酒館，入夜即成了男同志的集合地。

昔日的電影公司皆在此地，導演與編劇談劇本在無數的咖啡館，星探在馬路上發現有潛力的明星，林青霞便是在西門町被發現。

再說南昌街。其中包括植物園、建國中學、牯嶺街等。菸酒公賣局所在的南昌街，是南門外的昔年主街：日本人在戰後遣返，許多物件與書籍必須賣掉，便散放在相對空曠荒蕪些的牯嶺街，終發展成舊書攤一條街。牯嶺街的日本宿舍群，亦是學者如方東美等人的故居。二十年前楊德昌拍了部《牯嶺街少年殺人事件》，便取材自六十年代初的眞人故事。

推行國語的當年大老，如何容、齊鐵恨等，亦在此區。林海音不但寫北京的《城南舊事》，她住的重慶南路三段近寧波西街，亦是台北的城南。建國中學出了太多人才，獲諾貝爾獎的丁肇中只是其一。

植物園看似小巧，實則當年太多影片在此取景，並且它園中的歷史博物館常有極好的展覽。南海路泉州街口的昔年「美國新聞處」，在六、七十年代有太多的藝術展覽（如洪通畫展）與美國經典電影放映，甚至林懷民第一次舞展亦在此。它旁邊的空地，是六十年代李翰祥導演離開香港邵氏，來到台北開創「國聯電影公司」的影棚。

東門町（五、六十年代大夥習慣稱今日永康街、信義路二段之區）亦涵蘊文藝地標之一斑，甚至今日更顯豐潤。永康街如今最受稱道，主要它的店舖開得最有美感與文雅格調，不僅「冶堂」或麗水街的「陶氣」而已。而太多店家可以與顧客相談，令來客獲得莫名驚喜之資訊。

永康街向南，有青田街、溫州街等，亦多的是文人、學者的故居，其中青田街七巷六號的「馬廷英故居」新近開放，供人參觀或用餐，更別說新生南路三段16巷一號的「紫藤廬」茶坊已開了三十年，無數的文藝聚合在此發生。

再說一條路，徐州路，一直通往銅山街，兩旁的大樹與台大法學院的校舍，是六十年來改變甚少的一條台北安靜卻甚具胸懷的路，大陸遊客偶能得空在此散步二十分鐘，或許還能有意外的感受呢。

（刊二〇一一年七月十一日《上海壹週》）

我是如何步入旅行或寫作什麼的

我原來不是想去旅行什麼的，是我大半生沒在工作崗位上，於是東跑西蕩，弄得像都在路上，也就好像便如同是什麼旅行了。

至於我爲什麼沒上班，也可以講一講。因爲爬不起來。我那時（年輕時）晚上不肯睡；晚上，多好的一個字，有好多事可以做，有好多音樂可以聽，好多電影可以看，好多書可以讀，好多朋友可以聊天辯論，有好多夢可以編織，於是晚上不願說睡就睡。而早上呢，沒有一天爬得起來。即使爬得起也不想起，因爲夢還沒做完。

還有，不是不願意上班；是還不曉得什麼叫上班。因爲六、七十年代台灣的「上班」面貌，老實說，很荒謬；且看那年代的電影中凡有拍上班的，皆不知怎麼拍，也拍不像。何也？乃沒人上得班也。當然也就沒有人會演上班。及於此，你知道台灣那時是多好的一塊天堂，是水泥瀝青建物下的大溪地；人散散漫漫，蕩來蕩去，是很可以的。蕩進了辦公室，說是上班，也是可以的。至於上出什麼樣的班來，那就別管了。所以我呢，打一開始也不大有上班的觀念。後來，終於要上班了，也坐進辦公室了，我發現，不知道幹什麼事好。再觀看別人，好像也沒什麼不得了的公在辦。便這麼，像是把人懸在辦公室裏等著去學會如何上班。正因爲這樣，你開始注意到台灣的辦公室空氣不夠（還說成是「中央空調」云云）、屋頂太矮、地方太擠（大夥兒相距極緊極近，每個人能有自己思想的空間嗎？）。

我固然太懶，但即使不懶，以上的原因足可以使我這樣的人三天兩天就放棄。

沒學會上班

倒不是原則上的不想上班，是還不想在那個時候上班。心想，過些日子才去開始上班。只是這過些日子，一過便過了好多好多年。

另就是，心目中的上班，如同是允諾每天奔赴做同一件事。這如何能冒然答應呢？我希望每天睜開眼睛想做什麼就做什麼。想轉搭兩趟公車去市郊看一場二輪電影便興沖沖的去。想到朋友家埋頭聽一張他新買到的搖滾唱片便興沖沖的去了。想與另外三個興致高昂的搭子一同對著桌子鏖戰方城來痛痛快快的不睡覺把這個（或兩三個）空洞夜晚熬掉，便也都滿心的去。

便是有這麼多的興致沖沖。

終至上不得班。

另者，不願冒然投身上班，有不少在於原先有十多年的學校之投身，甚感拘鎖，這下才剛脫韁，焉能立刻又歸營呢？

當然，每天一起床就去做自己最想做的事，看起來應該是最快樂的了；然愈做往往會愈窄，最後愈來愈歸結到一二項目上，便也像是不怎麼特別好玩了，甚而倒有點像上班了。人們說武俠作家很多原先是迷讀武俠小說者，廢寢忘食，後來逐而漸之，索性自己下手來寫。喜歡唱戲的，愈唱愈迷，在機關批公文也自顧自哼著，上廁所也晃著腦袋伴隨劈哩啪啦屁屎聲還哼著，終至不能不從票友而弄到了下海。

我也曾多麼喜歡打拳，然每天一早固定跑去公園打拳，如何做得到呢？

每天一起床，其實並沒奔赴自己最想做之事，只是不去做不想做的事罷了。就像一起床並不就立刻想去刷牙洗臉一樣。若不爲了與世相對，斷不願刷牙洗臉也。

懶，是我這輩子最大的缺點，也可能是這輩子我最大的資產。因爲懶，太多事皆沒想到去弄。譬似看報，我從沒有看報的習慣（當然更不可能一早去信箱取報紙便視爲晨起之至樂）。不但不每日看，也不幾個月或幾年看一回。倘今天心血來潮看了，便看了。沒看，斷不會覺得有什麼遺漏之憾。有時，突然想查一些舊事了，到圖書館找出幾十年前的舊報紙，一看竟是埋頭不起，八小時十小時霎間飛過。這倒像是看書了。

我對當日發生的事情，奇怪，不怎麼想即刻知道。

我對眼下的眞實，從不想立時抓住。我總是願意將之放置到舊一點。

但不想每天時候到了便去摸取報紙的眞正理由，我多年後慢慢想來，或許是我硬是不樂意被這小小一事（即使其中有「好奇」的廉價因素）打壞了我那原本最空空蕩蕩的無邊自由。

粗簡以活

即使是今天，我年歲已不輕，一天在外的時間往往超過在家的時間。而我在外並沒幹什麼事。只是不太待得住家。

又我在外，未必去人的家或什麼場所，常常是在處所與處所之間，亦即途中，或路上，幾乎可稱爲野地的那種。故我步行甚多，這種沒事的步行，使我愈發想搬到有樹林的地方，便可以每天的走路是能穿越林子的那種，豈不甚好？然那樣的好地方，又豈是我能遭逢上的？

半生貧困，沒住過好房子，對於住得舒服，不怎麼懂得講求；對於住得粗陋，也不怎麼懂得難受。加以很早年就學過「隨遇而安」四字，早演練成得心應手。至今沒在家中裝過冷氣，炎夏汗出滂沱，心煩氣躁，只好多洗一兩回冷水澡，也排解了。當實在快受不住，將近憤恨了，往往秋天已經露了頭了。便是這樣，幾十個夏天總是相安無事。

生活馬虎，不知是習慣或是心念使然。例如下雨不打傘。淋雨，我是不感有何難受的。有時甚至很想在雨中走一段路，譬似爲了與外間萬物有所相接。但似乎不少人推門見有小雨，已皺起眉頭；很像成語說的「面有難色」。

看來習慣是一回事，難易之心念，也很決定生活動作之成形。

居陋巷不改其樂，是我的國家老文化所循循教育者；下雨不打傘，卻又是村鄙不受教之例者。前者是古來教化一逕之籠罩，後者又是我生長年代之窮荒所蒙味結成的糊塗。

以台北夏日之高溫，竟也有人終日穿著長袖或甚至西裝領帶，此何也，乃他認定絕不需曝於日炙甚至可恆常處於冷氣之空間（如辦公室、計程車、商店、家中等），並非常能居於樹蔭下或高頂通風古式樓宇下。然即使能在樹下，看來他亦不願如此著裝而站立其間，乃仍潮熱也；他根本認定冷氣必須無所不在。

這樣的人，事實上不甚在乎天候，比較在乎社會。這樣的人，比較知所跟隨。故社會供發出一襲訊息，他會接收到，且會跟著做。如股票會賺錢，他或也參與。當然，不管他有否實際下手去做，當社會說起不景氣云云，他毫不考慮的也視爲當然，並且毫不考慮的也加入去憂心忡忡。

因爲有這樣的人，社會中便有了「樣品屋」、「室內裝潢」、「滷素燈」、

「美耐板」等等這類發明。

單單一個「裝潢」觀念，害了多少家庭從外頭弄進了無數的化學板材、膠劑、粉屑到家裏，而你且去看看，有哪一家的裝潢是能看的？我與好幾個朋友聊過多年，恆認沒有一家能入眼的。這些房子，不惟不能看，老實說，亦不能用。爲了少沾一些化學物，我說什麼也不讓自己的出版物用上銅版紙。

人最好不要太愛自己的房子。至少不要太以把家裝飾得明亮華麗便不枉自己是以兩千萬或八千萬買下的這份難得價值。

何不多珍惜能坐在樹下的短暫光陰。戶外才是珍貴的，並且任何人買不走。假如什麼都可以被買，那就太可怕了；事實上台灣已經有點這個問題了。

因爲人總是把居停地不斷的破壞，所以定居往往是愈發惡質的，以是人才應該遊牧，一站一站的換新地方，一站一站的找水草，並且只取一瓢。

甘於不便

即使今天，我年紀已不輕，生活之現代化當可不至太貧陋，卻仍很少洗澡。我所租房子的熱水器常打不著，故我每隔幾天想洗澡卻未必就點著火，燒不出熱水，這一下，便不能洗了。倘冬天，天較暖時，只好洗冷水。又這熱水，有時在廚房的水龍頭放出，可以持續得熱水，在浴室的水龍頭（因較遠）便不成。我便以面盆在廚房接盛，滿了，再倒至浴室的缸裏。如此需八、九盆，方能入浴缸洗澡。這澡，如此麻煩，我亦認了，如此而已。

我的先是不視之爲麻煩，繼而習慣麻煩，最後變得不怕麻煩之例：

一、每月的水費電費瓦斯費電話費健保費，我皆是到銀行去繳。有時排隊令人不耐。而到銀行櫃台前辦存款提款或例行事務之衆生相，常常是最不宜寓目之景象。然我仍是每月如此，用笨方法繳帳單。爲何不用「自動轉帳」呢？乃前些年常自知銀行中存款極有限，不敢用此法也。最主要的，我時間很多，自己走路去繳，不特引爲麻煩也。

二、去大陸旅行，乘飛機需在香港或澳門轉機，後來我想，既要中途轉，何不第二程改搭火車？此一來，可沿途瀏覽途中省縣風光，二來亦略省川資。然上車下車、行李中途拎下過海關檢查，實較乘飛機麻煩，但皆是極易爲我輕易所接受，從來不視爲苦。

後來想，必是我潛意識認定此是人原本可承受事，沒所謂苦不苦的。或是：我原也覺得自己本是苦命根，哪有什麼不能受累受麻煩的？另就是：我既知自己是個懶之至極、不事生產的逃避社會責任之人，吃一點小苦受一點小累原本就應該。

或許我很少生病、很少不快樂、很少埋怨，主要來自這些個「處置不方便」。甚至有可能便因生活中恁多的不方便，造成人的健強生活力之佳處。便是其中的麻煩過程造就人的能耐。

於自由之取用

可以那麼樣的自由嗎？有這樣的自由的人嗎？

我躺在床上，翹著腳眼望天花板。原本是睡覺，但睡醒了，卻還未起床，就這麼望著天花板，若一會兒又睏了，那就繼續往下睡。反正最後還是睡，何必再費事爬起來。

出門想吃早飯，結果一出去弄到深夜才回家。接著睡覺。第二天又在外逛了一天。傍晚有一個人打電話來，說這兩天全世界都在找我，卻打電話怎麼也找不到我。乃我沒有答錄機，也沒有手機，所以他們急得要命時，我卻一點沒感覺。

當他們講出找我的急切因由時，我聽著很不好意思，也很心焦，當時亦深覺抱歉，差一點認爲應該要裝設答錄機甚至手機了。但第二天又淡卻了這類念頭。

倒不是爲了維護某份自由，不是。是根本沒去想什麼自由不自由。

每天便是吃飯睡覺。想什麼時候吃什麼時候睡，就何時吃與睡。單單安頓這吃飯睡覺，已弄得人糊裏糊塗；別的事最好少再張羅。吃飯，是在外頭；睡覺，是在深夜；辦這兩件事時皆接不到電話。這兩件事之外，其他皆不是事；如看報啦、如看電影啦，與人相約喝茶喝咖啡喝酒啦、買東西啦，等等等等，都是容易傷損吃飯與睡覺，故不宜太做張羅。

只有極度的空清，極度的散閒，才能獲得自由。且是安靜的自由。

像遠足（hiking）便不行；它像是仍有進度、仍有抵達點。必須是信步而行，走到哪裏不知道，走到何時不知道，那種信步而行方能獲得高品質的自由，心靈安靜下深度滿足的自由。尋常人一輩子很有效率、很努力、很有成就的過日子者，不可能了解前述的「自由」。

像現下這一刻，深夜三點半，我剛自一書店逛完出來，肚子餓了；我想吃的早點——豆角包子與韭菜包子，再帶一碗綠豆稀飯這種北方土式口味——要到五點多才開，怎麼辦？我絕不會就近在 7-eleven 買點什麼打發，我會熬到五點多然後很完備的吃上這頓早點。

太自由了。眞是糟糕。我竟然不理會應該馬上睡覺、第二天還有事等等可能的現實必須。然我硬是如此任性。人怎麼可能那麼閒？

我對自由太習慣去取用，於是很能感受那些平素不太接獲自由的人們彼等的生態呈現。

因爲只顧自己當下心性，便太多名著因自己的不易專注、自己的不堪管束而至讀沒幾頁便擱下了。

固然也是小時候的好動，養不成安坐書桌習慣，聽牆外有球聲嬉鬧聲早奔出去了。

我固也能樂於偶而少了自由，像當兵、像上班、像催促自己趕路、像逼自己完成一篇稿子等等。然多半時候，我算是很散漫、很懶惰、很不打掃自我周遭的一種姑且得取自由者。

但這也未必容易。主要最難者是要有一個自由且糊塗的家庭環境，像一對自由又糊塗的爸爸媽媽，他們不管你，或他們不大懂得管你的必要。當然，不是他們故意不愛管，而是他們的時代要有那股子馬虎，他們的時代要好到、簡潔到沒什麼屁事需要去特加戒備管理的。

這種時代不容易。有時要等很久，例如等到大戰之後。

這種時代大約要有一股荒蕪；在景致上，沒什麼建設，空洞洞的，人無啥積極奔赴的價值。在人倫上，沒什麼嚴謹的鎖扣，小家庭而非三代同堂，不需顧慮伯伯叔叔等分家分產之禮法。在地緣上，微有一點僻遠，譬如在荒海野島，與禮法古制的中心遙遙相隔，許多典章不講求了，生活習尚亦可隨宜而制，鬆鬆懈懈愉愉快快，窮過富過皆能過成日子。因太荒蕪，人們夜不閉戶。因太荒蕪，小孩連玩具亦不大有，恰好只能玩空曠，豈不更是海大天大？

從無到有之所見

我是在五十年代度過我的童年時光的，故舉凡五十年代的窮澹與少顏色，頗會薰染著我很長很深一陣子。那是二十世紀的中段，是戰後沒太久，彼時瀰漫的白襯衫、黃卡其褲這類穿著，可能我一輩子亦改不了。

早先沒有電視，一九六二始有。電話亦極少人家有。

先是全是稻田，其間有零星的農家三合院。所謂田野，是時在眼簾的。

孩童的自己設法娛樂，像抓著陌生人衣角混入影院觀影。

自求多福（抓魚賣、賭圓牌賣錢）。

自由找事打發精力時間。故發展出許多無中生有的想像力。

大多是矮房子。後來才有公寓，繼而有電梯大樓。

小學生常有赤腳者。那時的仁愛國校（是的，正是今日東區的仁愛國小），窗外極空曠，先是操場，操場後是一望無際的農田與三兩戶農家，學生自草坡農家赤腳上學，上了一兩堂，沒意思了，便自然而然的回家了（譬似想起了家裏的牛，他心中未必有逃學之念），不久，遠遠可見其母打著罵著，他則躲著奔著，一步步由遠至近走回校來。這一切，完全無聲，一個長鏡頭完成。

人生與電影相互影響

我們並沒有太多「兒童片」可看（正如我們沒像今日孩子有恁多玩具一般），故我們所觀電影，便自然而然是大人看的電影。《美人如玉劍如虹》（Scaramouche），雖有「劍」，但更多「美人」，其實是大人看的電影。《原野奇俠》（Shane），片中雖有小孩，我們才不管他，我們想看的是槍戰，此片當然也是大人看的電影。

你看什麼電影，顯示出你的人生。

你是什麼生活下的人，也造成你會選哪些電影看。

直到今日，我仍希望每幾個星期看一場電影院裏的日本古裝片，像《宮本武藏》（稻垣浩的或內田吐夢的）或《新平家物語》（溝口健二），或《上意討》（小林正樹）這一類。或每幾星期看一部美國西部片。何也，小時欣賞所好的一逕延續也。這類故事充滿著英雄，對小孩的想像世界甚有激勵，對有些固執己念的小孩甚至更盼想自己將來要如何如何。我從來不想念幼時所觀國片的武俠片，乃太劣製、太接近、也太不英雄感了，這便如同你所見身旁、街坊之人總覺太過市井小民之現實，你很難把他們放在眼裏似的。

獨處與群聚

人生際遇很是奇怪，我生性喜歡熱鬧、樂於相處人群，卻落得多年來一人獨居。我喜歡一桌人圍著吃飯，卻多年來總是一人獨食。不明內裏的人或還以爲我好幽靜，以宜於寫作；實則我何曾專志寫作過？寫作是不得已、很沉悶孤獨後稍事紓發以至如此。

若有外間鬧熱事，我斷不願靜待室內。若有人群活動，我斷不願自個一人寫東西。

因此，我愈來愈希望我所寫作的，是很像我親口對友朋述說我遠遊回鄉後之興奮有趣事蹟，那種活生生並且很眾人堪用的暖熱之物；而不是我個人很幽冷孤高的人生見解之凝結。

倘外頭有趣，我樂意只在睡覺時回家。就像軍隊的營房一樣，人只在就寢前才需要靠近那小小一塊鋪位。

顯然，我的命並不甚好；群居之熱鬧與圍桌吃飯之香暖竟難擁得。或也正因如此，弄得了另外一式的生活，便是寫作。不知算不算塞翁失馬？

終於，往寫作一點點的靠近了

我在最不優美年代（七十年代）的最不佳良地方（台灣）濡染成長，致我之選取人生方式不自禁會有些奇詭，以是我也會逃避，終於我像是要去寫作了。七十年代，我所謂的最醜陋的年代，幾乎我可以看到的世相，皆令我感到嫌惡，人只好藉由創作去將之在內心中得到一襲美化。

欲滿獲想要創作的某種感覺，連白天也想弄成黑夜。太光亮，不知怎麼，硬是教人比較無法將感覺沉淪至深處、沉淪至呼之欲出。

便此增加了極多的熬夜。

另一種把白天弄成黑夜的方法，是下午便走進電影院。

中年以後，要教自己白天便鑽進電影院，奇怪，做不到了。

及於寫作，於我不惟是逃避，並且也是我原所閱讀過的小說、散文等並不能打動我。他們所寫的，皆非我亟想進入之世界；他們所寫的，亦非我這台灣生長的孩子自五十年代看至七十年代所累蘊心中的悲與苦、樂與趣等等堪可相與映照終至醒人魂魄動人肺腑者。終於我只能自己去創想另一片世界。這如同人們盛言的風景，你發現根本不合你要，你只好繼續飄蕩，去找取可以入你眼的景色。我一生在這種情況下流浪。

一直到幾年前，我都始終還沒有把自己當成是一個「作家」。看官這一刻突然聽我如此說，或許覺得詫異，然而眞是如此。幾年前我們開高中同學會，多半同學還不知道我是個寫東西的，我自己也不認為是。

主要我年輕時並沒以作家爲職志。雖我也偶寫點東西。再就是寫得太少，稱作家原就丟人，何必呢？最主要的，其實是自己心底深處隱隱覺得：倘人夠屌，是作家不是作家壓根不重要。

便這最後一項，直到今天我仍這麼認爲。尤其是活得好、活得有風格，做什麼人都好。是作家亦好，不是作家也一樣好。

乃在人不該找一個依仗；不管是依仗名銜（如作家，如教授，如部長，如總經理，如某某人的小孩），抑是依仗資產（如八千萬、一億，如幾萬畝地，如身上的珠光佩飾），皆是無謂事，並且益發透露其自信之不夠。

又睡覺的韻律，亦孤立了我的作息。怎麼說呢？譬如今日睡得極飽，至中午醒來，至夜闌人靜時，所有的地方皆已打烊，全市已無處可去，我也趕最後一班公車回到了家裏，這時候呢，良夜才始，人猶不感睏，又有一腔的意念想發，於是東摸摸西摸摸終弄到索性在紙上寫一點什麼，寫著寫著便終於成爲寫東西了。

這說的是三十年前。

另就是，七十年代是最好的聊天的年代；並且，那時候台灣可能也是全世界聊天最好的地方；須知美國便不是。因有聊不完的話題，有聊不完的電影與創作觀念，還有多之又多、毫不感膩的各方朋友，便此造成台北竟是一塊幾乎算是最能激勵創作的小小天堂了。

至少我的創作與聊天甚有關係。我愈是在最後一班公車前聊天聊至熱烈，愈是會在回家後特別有提筆寫些什麼之衝動。譬似那是適才洶湧狂論之延續。

人和人能講上話，並且講得很富變化、很充滿題材，這是多美的事。有的人一輩子不聊天，他的情思如何宣吐？有的人只愛聽，不發表自己言論。亦有人搶著講，不聽別人說；這是較怪的，或許稱得上是過度幽閉下的精神官能症。

賭徒

有時驀然回頭看自己前面三十年，日子究竟是怎麼過過來的，竟自不敢相信；我幾乎可以算是以賭徒的方式來搏一搏我的人生的。我賭，只下一注，我就是要這樣的來過——睡。睡過頭。不上不愛上的班。不賺不能或不樂意賺的錢。每天挨著混——看看可不可以勉強活得下來。那時年輕，心想，若能自由自在，那該多好，即使有時餓上幾頓飯，睡覺只能睡火車站，也認了。如今五十歲也過了，這幾十年中，竟然還都能睡在房子裏，沒睡過一天公園，也不曾餓過飯，看來有希望了，看來可以賭得過關了，看來我對人生的賭注下在胡意混自己想弄的而不下在社會說該從事的，有可能是下對了。雖然下對或下錯，我其實也不在乎。行筆至此，怎麼有點沾沾自喜的驕傲味道。切切不可，戒之戒之。倒是可供年輕人有意堅持做自己原意必做之事的淺陋參考也。

有人或謂，當然啊，你有才氣，於是敢如此只是埋頭寫作，不顧賺錢云云。然我要說，非也。我那時哪可能有這種「膽識」？我靠的不是才氣，我靠的是任性，是糊塗。但我並不自覺，那時年輕，只是莽撞的要這樣，一弄弄了二、三十年。

只能說，當時想要擁有的東西，比別人要縹緲些罷了。

好比說，有些人想早些把房子置買起來，有些人想早些把學位弄到，有些人想早些在公司或機關把自己的位置安頓好。而我想的，當年，即使今日，全不是這些。

十多年前，有個朋友與我聊起，他說：「有沒有想過，倘有一個公司願請你擔當某個重任，如總經理什麼的，年薪六百萬之類，但必須全心投入，你會去嗎？」我說：「這樣的收入，天價一般高，我一輩子也不敢夢見，實在太可能打動我了，但我不會去。爲什麼？因爲我是台灣人；這工作做了十年，不過六千萬，六千萬在台灣，買房子還買不到像樣的；若是不買房子，根本用不了那麼大的錢；六千萬若拿來花用，倘不悉人生品味，享受或還只是劣質的。故這六千萬，深悉台灣實況的人，根本不用太看得上眼。更主要的，我會想，我的四十五歲至五十五歲這十年，是一生中最寶貴、最要好好抓住的十年，我怎麼會輕易就讓幾千萬給交換掉呢？」

時光飛逝，轉眼又是十年。我今天想：我的五十五歲至六十五歲的這十年，因更衰老了，更是一生中最寶貴、最要好好抓住的十年，更不會做任何的換錢之舉了。

錢，是整個台灣最令人苦樂繫之悲歡繫之的東西；我這麼窮，照說最不敢像前述的那麼大言不慚，也非我看得開看得透，這跟不洗澡一樣，你只要窮慣了髒慣了，並一逕將那份糊塗留著，便也皆過得日子了。我常說我銀行存款常只有一千多元，這時我注意到了，接著兩三天會愈來愈逼近零了，然總是不久錢又進來了。我總是自我解嘲，謂：「人爲什麼要把別人的錢急著先弄進自己的戶頭裏？爲什麼不能讓他人先替你保管那些錢？」

倒像是某首藍調的歌名所言：I love the life I live, I live the life I love.（我愛我過的生活，我過我愛的生活）

人要任性，任性，任性。如今，已太少人任性了。不任性的人，怎麼能維持健康的精神狀態？他隨時都在妥協、隨時在抑制自己，其不快或隱忍究竟能支撐多久？

自己要做得了主。

不會人云亦云，隨波逐流。不會時間到了叫吃飯就吃飯、叫洗澡就洗澡，完全不傾聽自己的靈魂深處叫喚。不會睡覺睡到沒自然足夠便爬起來。睡眠是任性的最佳表現，人必須知道任性的重要。豈不聞日諺：「愈是惡人，睡得愈甜」，吾人有時亦需做一下惡人。

近時有讀者問起我的過日子、我的遊歷、我寫東西種種，口頭上演講我亦答了一些，今日在此索性多談一點，便成了這篇稿子。

（刊二〇〇七年五月二十九日、三十日聯合副刊）

國家圖書館出版品預行編目資料

台北游藝 / 舒國治著. -- 初版. -- 臺北市：皇冠, 2015.08
面； 公分. -- (皇冠叢書；第4486種)(舒國治晃遊集；4)
ISBN 978-957-33-3175-9(平裝)

855 104012652

皇冠叢書第4486種
舒國治晃遊集04

台北游藝

作　　者—舒國治
發 行 人—平雲
出版發行—皇冠文化出版有限公司
台北市敦化北路120巷50號4樓
電話◎02-27168888
郵撥帳號◎15261516號
皇冠出版社(香港)有限公司
香港上環文咸東街50號寶恒商業中心
23樓2301-3室
電話◎2529-1778　傳真◎2527-0904
總 編 輯—盧春旭
責任編輯—張懿祥
美術設計—王瓊瑤
著作完成日期—2015年
初版一刷日期—2015年8月

法律顧問—王惠光律師

讀者服務傳真專線◎02-27150507
電腦編號◎507004
ISBN◎978-957-33-3175-9
Printed in Taiwan
本書定價◎新台幣300元/港幣100元